捧 读

触及身心的阅读

我要对你做春天对樱桃树做的事

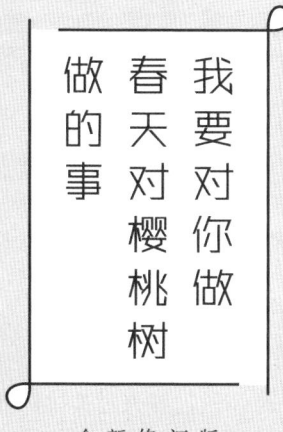

- 全新修订版 -

The most beautiful
LOVE POEMS
of the world

飞扬 赵莫聪 等 / 译

张进步 程碧 / 主编

南方出版社
海口

图书在版编目（CIP）数据

我要对你做，春天对樱桃树做的事：全世界最美的情诗：全新修订版 / 张进步，程碧主编；飞扬等译. — 海口：南方出版社，2024.5
ISBN 978-7-5501-8772-6

Ⅰ.①我… Ⅱ.①张… ②程… ③飞… Ⅲ.①诗集-世界 Ⅳ.①I12

中国国家版本馆CIP数据核字(2023)第239262号

我要对你做，春天对樱桃树做的事：全世界最美的情诗（全新修订版）

WO YAO DUI NI ZUO , CHUNTIAN DUI YINGTAOSHU ZUO DE SHI : QUAN SHIJIE ZUIMEI DE QINGSHI (QUANXIN XIUDING BAN)

张进步 程碧 主编 飞扬 等译

责任编辑：	古 莉
装帧设计：	●lemon
出版发行：	南方出版社
邮政编码：	570208
社　　址：	海南省海口市和平大道70号
电　　话：	(0898)66160822
传　　真：	(0898)66160830
经　　销：	全国新华书店
印　　刷：	天津创先河普业印刷有限公司
开　　本：	889毫米×1194毫米　1/32
印　　张：	8.75
字　　数：	160千字
版　　次：	2024年5月第1版　2024年5月第1次印刷
定　　价：	69.00元

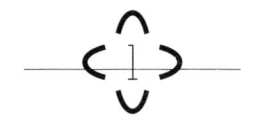

Russia
俄罗斯篇

黄昏，
偶尔有人在顶楼的某个房间
倚着窗子吹笛。
窗口盛开着大朵大朵的郁金香。
——此时如果你不爱我，
我也不会介意。

玛丽娜·伊万诺夫娜·茨维塔耶娃
Марина Ивановна Цветаева

我想和你一起生活在某个小镇 / 4
哪里来的这般柔情 / 5

亚历山大·谢尔盖耶维奇·普希金
Александр Сергеевич Пушкин

我曾经爱过你 / 8

米哈伊尔·尤里耶维奇·莱蒙托夫
Михаил Юрьевич Лермонтов

我爱的并不是你 / 11

安娜·安德烈耶夫娜·阿赫玛托娃
Анна Андреевна Ахматова

晚霞之下的大地广阔而静谧 /14
二十一号。周一。深夜。/15
我恐怕再没有机会与你共饮淡水甜酒 / 16

亚历山大·亚历山大罗维奇·勃洛克
Александр Александрович Блок

我只是活着，却没有爱 / 19

费特·阿法纳西·阿法纳西耶维奇
Фет Афанасий Афанасьевич

我认得出你…… / 22
别睡了 / 23

2

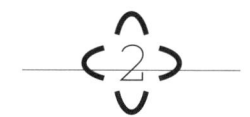

France
法 国 篇

她们让我明白，
如果没有你，
我只能看到自己微小的一部分
如果没有你，
我只能看见无边的沙漠

保罗·艾吕雅
Paul Éluard

我爱你 / 28
除了爱你，我没有别的奢望 / 30

亨利·德·雷尼埃
Henri de Régnier

心愿 / 34

保罗·魏尔伦
Paul Verlaine

永远不再 / 37

纪尧姆·阿波利奈尔
Guillaume Apollinaire

米拉波桥 / 40

3

India
印 度 篇

我曾用无数个形象无数个世代
爱你，
从远古到今天，从他世到今生。

拉宾德拉纳特·泰戈尔
Rabindranath Tagore

我曾用无数个形象无数个世代爱你 / 46
我需要你，只需要你 / 48

4

The United States
美 国 篇

我说不出为什么爱情来了又去；
只知道夏天曾在我的心中歌唱过
一阵子，
现在唯余下一片岑寂。

沃尔特·惠特曼
Walt Whitman
我歌唱带电的肉体 / 52
我俩，被愚弄了这么久 / 56

埃德娜·圣文森特·米蕾
Edna St. Vincent Millay
我的唇吻过谁的唇，在哪里 / 59

艾米莉·狄金森
Emily Dickinson
没有人认识这朵玫瑰 / 62
请允许我成为你的夏天 / 63
我们曾在一个夏天结婚 / 64

华莱士·史蒂文斯
Wallace Stevens
内心情人的终场独白 / 68

埃德加·爱伦·坡
Edgar Allan Poe
致海伦 / 71

萨拉·蒂斯代尔
Sara Teasdale
足够 / 74
灰烬 / 75

罗伯特·弗罗斯特
Robert Frost
春天里的祈祷 / 78

5

Ireland
爱尔兰篇

我爱你
因为你能唤出
我最真实的那部分

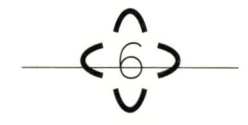

威廉·巴特勒·叶芝
William Butler Yeats
当你老了 / 84
白鸟 / 85
恋人诉说他心中的玫瑰 / 86
荷马歌唱过的女人 / 87
饮酒歌 / 88
沉默许久之后 / 89

詹姆斯·斯蒂芬斯
James Stephens
雏菊 / 93

6

Austria
奥地利篇

我怎么能控制住我的灵魂,
让它不向你的灵魂伸长?
我怎能让它越过你向着其他的
事物?

莱纳·玛利亚·里尔克
Rainer Maria Rilke
爱的歌曲 / 98
熄灭我的双眼 / 99

7

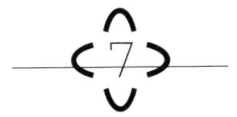

China
中 国 篇

你是一树一树的花开，
是燕在梁间呢喃，
——你是爱，是暖，是希望，
你是人间的四月天！

徐志摩
Xu Zhimo

偶然 / 104
月下待杜鹃不来 / 105
你去 / 106
沙扬娜拉——赠日本女郎 / 108

林徽因
Lin Huiyin

你是人间的四月天 —— 一句爱的赞颂 / 111
谁爱这不息的变幻 / 112

戴望舒
Dai Wangshu

林下的小语 / 114
雨巷 / 116

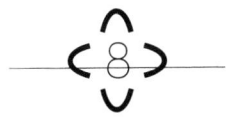

8

Denmark
丹 麦 篇

茅屋里没有任何长物，
只有一对相爱的人，
他们时刻，
深情地相互凝视。

汉斯·克里斯蒂安·安徒生
Hans Christian Andersen

茅屋 / 123

The United Kingdom
英国篇

我在幽谷最深处遇见她，
浆果上凝结着露珠。

约翰·但恩
John Donne
早安 / 128

威廉·莎士比亚
William Shakespeare
十四行诗之一〇二 / 130
你占领了我的心房 / 131
真正的爱 / 132

伊丽莎白·芭蕾特·布朗宁
Elizabeth Barrett Browning
请再说一遍我爱你 / 135
第一次吻我 / 136

珀西·比希·雪莱
Percy Bysshe Shelley
爱的哲学 / 138

狄兰·托马斯
Dylan Thomas
你的呼吸 / 141

托马斯·哈代
Thomas Hardy
插曲的尾声 / 144
一次失约 / 147
石头上的影子 / 148

乔治·戈登·拜伦
George Gordon Byron
她走在美的光影中 / 152
我看见过你哭（选一）/ 157

约翰·济慈
John Keats
给—— / 160

但丁·加百利·罗塞蒂
Dante Gabriel Rossetti
寂静的中午 / 163

克里斯蒂娜·乔治娜·罗塞蒂
Christina Georgina Rossetti
歌 / 165

威廉·华兹华斯
William Wordsworth
她住在渺无人迹的小路旁 / 168

约翰·克莱尔
John Clare
我悄悄地走过 / 170

10

Hungary
匈牙利篇

这个世界那么大，
亲爱的，你却那么小；
但如果你是我的，即便拿全世界来换，
我也不愿意！

裴多菲·山陀尔
Petőfi Sándor

我走进厨房 / 177
我愿意是急流 / 178
这个世界那么大 / 180

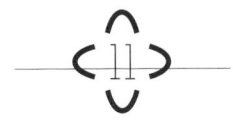

11

Argentina
阿根廷篇

倘若我敢看　也敢说
是因为她的影子
如此柔软地
与我的名字相连

阿莱杭德娜·皮扎尼克
Alejandra Pizarnik

她缺席的意义 /185
你的声音 /186

12

Chile
智利篇

我要对你做，
春天对樱桃树做的事。

巴勃罗·聂鲁达
Pablo Neruda

你每日与宇宙的光嬉戏 /191
我喜爱缄默的你 /194
我在这里爱你 /196

13

Peru
秘鲁篇

你的心在我悲哀的身体里休憩。
在你灵魂的花冠上
盛开了柏拉图的雄蕊。

塞萨尔·巴列霍
Cesar Vallejo

信任 / 202
逝去的恋歌 / 203
禁锢的爱 / 204

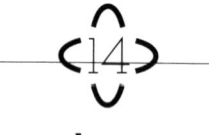

14

Japan
日本篇

从前见过的人啊，
现在隔着山漠不相关了。

清少纳言
せいしょうなごん

山 / 210

岛崎藤村
しまざきとうそん

在我心灵深处 / 212
初恋 / 214

15

Greece
希腊篇

我的唇说不出话，
我的舌头打结，
我的皮肤突然蹿起一股奇异的火。

卡瓦菲斯
C. P. Cavafy

1903 年 12 月 / 219
在时间改变他们之前 / 220
朋友，当我在恋爱 / 221

萨福
Sappho

没听她说一个字 / 224
给安娜多丽雅 / 226

16

Norway
挪威篇

永远不要忘记她，
那个或许是用她的一生等待与你相遇的人。

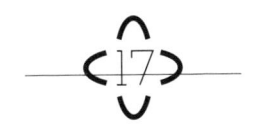

贡纳尔·里斯-安德森
Guunar Reiss-Anderson

致心灵 / 231

17

Germany
德国篇

通过你，
我走近我自己。
我存在的缘因是：你——你在这里。

贝尔托·布莱希特
Bertolt Brecht

纪念玛丽A / 236

约翰内斯·R. 贝歇尔
Johannes R. Becher

奇迹 / 241

约翰·沃尔夫冈·冯·歌德
Johann Wolfgang von Goethe

致莉娜 / 243
爱人的近旁 / 244

18

Spain
西班牙篇

月光下你黑色的睫毛，
像一千匹沉睡的波斯小马。

胡安·拉蒙·希梅内斯
Juan Ramón Jiménez

你与我之间 / 248

路易斯·塞尔努达
Luis Cernuda

死去的不是爱情 / 250

费德里科·加西亚·洛尔迦
Federico Garcia Lorca

无常的爱 / 253

19

Portugal
葡萄牙篇

我对她的爱太满，
以致竟不知如何去爱她。
在见不着她时，
我就用想象凝视她，
我的坚强有如高大之树木。

路易斯·德·卡蒙斯
Luís de Camões
我的心和我的一切 / 258

费尔南多·佩索阿
Fernando Pessoa
爱是陪伴 / 261

20

Ancient Egypt
古 埃 及 篇

她用燃烧的烙印灼烧我，
这小母牛一样的女孩呵，
她的大腿常常蹦出火苗。

无名氏（出自《新王朝时期的情歌》）
Anonymous
手拿套索的爱人 / 266
我的心记得 / 267

俄 罗 斯 篇

Russia

～～～～～

　　黄昏，偶尔有人在顶楼的某个房间
倚着窗子吹笛。窗口盛开着大朵大朵的郁金香。
　　——此时如果你不爱我，我也不会介意。

～～～～～

1

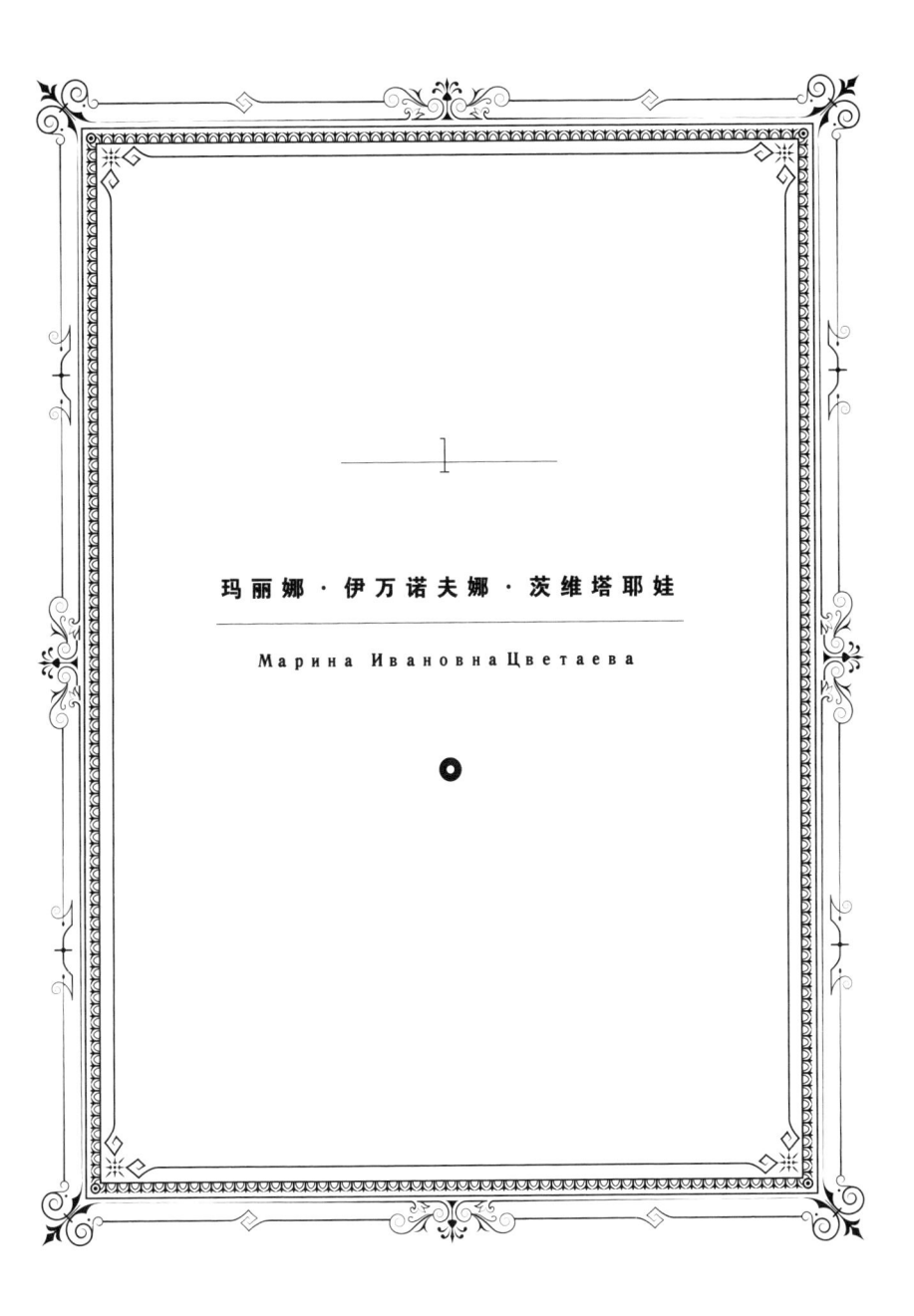

玛丽娜·伊万诺夫娜·茨维塔耶娃

Марина Ивановна Цветаева

我想和你一起生活在某个小镇

我想和你一起生活在某个小镇,
一起饮用那无尽的黄昏
和连绵不绝的钟鸣。
在小镇的旅店里——
古老的钟敲出渺茫的响声
像轻轻嘀嗒的时间。
黄昏,偶尔有人在顶楼的某个房间
倚着窗子吹笛。窗口盛开着大朵大朵的郁金香。
——此时如果你不爱我,我也不会介意。

屋中央有一个瓷砖砌成的炉子
每块瓷砖上都画着一颗心,一艘帆船和一朵玫瑰。
自我们唯一的窗户张望,
全是雪。雪。雪。你躺成我喜欢的姿势:
慵懒。淡然。甚至还有点儿冷漠。
你划了两三回刺耳的摩擦声才把火柴点着。
手中的香烟火苗慢慢由旺转弱,
烟的末梢颤抖着。烟蒂短小灰白
——连灰烬你都懒得弹落
香烟被飞舞着扔进火炉。

哪里来的这般柔情

哪里来的这般柔情?
我又不是第一次抚摸这样的鬈发,
我也曾经尝过
比你颜色更深的嘴唇。

燃起又熄灭的星星,
(哪里来的这般柔情?)
燃起又熄灭了
我眼睛里的眼睛。

在黑漆漆的夜里,我还没有
听过这样的天籁,
发自歌手肺腑的声音。
(哪里来的这般柔情?)

哪里来的这般柔情?
聪慧的少年,你这个外乡人,
你这睫毛最长的异乡歌手,
你该怎样抵挡我这般的柔情?

By John James Audubon

福克斯彩色麻雀
Fox-coloured Sparrow

6

1

亚历山大·谢尔盖耶维奇·普希金

Александр Сергеевич Пушкин

我曾经爱过你

我曾经爱过你;
爱情,也许在我的心里
还没有完全消逝但愿他再也不会去困扰你。
我也不想再使你因此难过
我曾默默地、绝望地爱你,
一方面忍受着羞怯,同时也忍受着嫉妒的煎熬
我曾经那么真诚、那么温柔地爱过你,
祈愿上帝保佑你,有个人也会像我那样爱你。

By John James Audubon

黄金加冕画眉
Golden-crowned Thrush

1

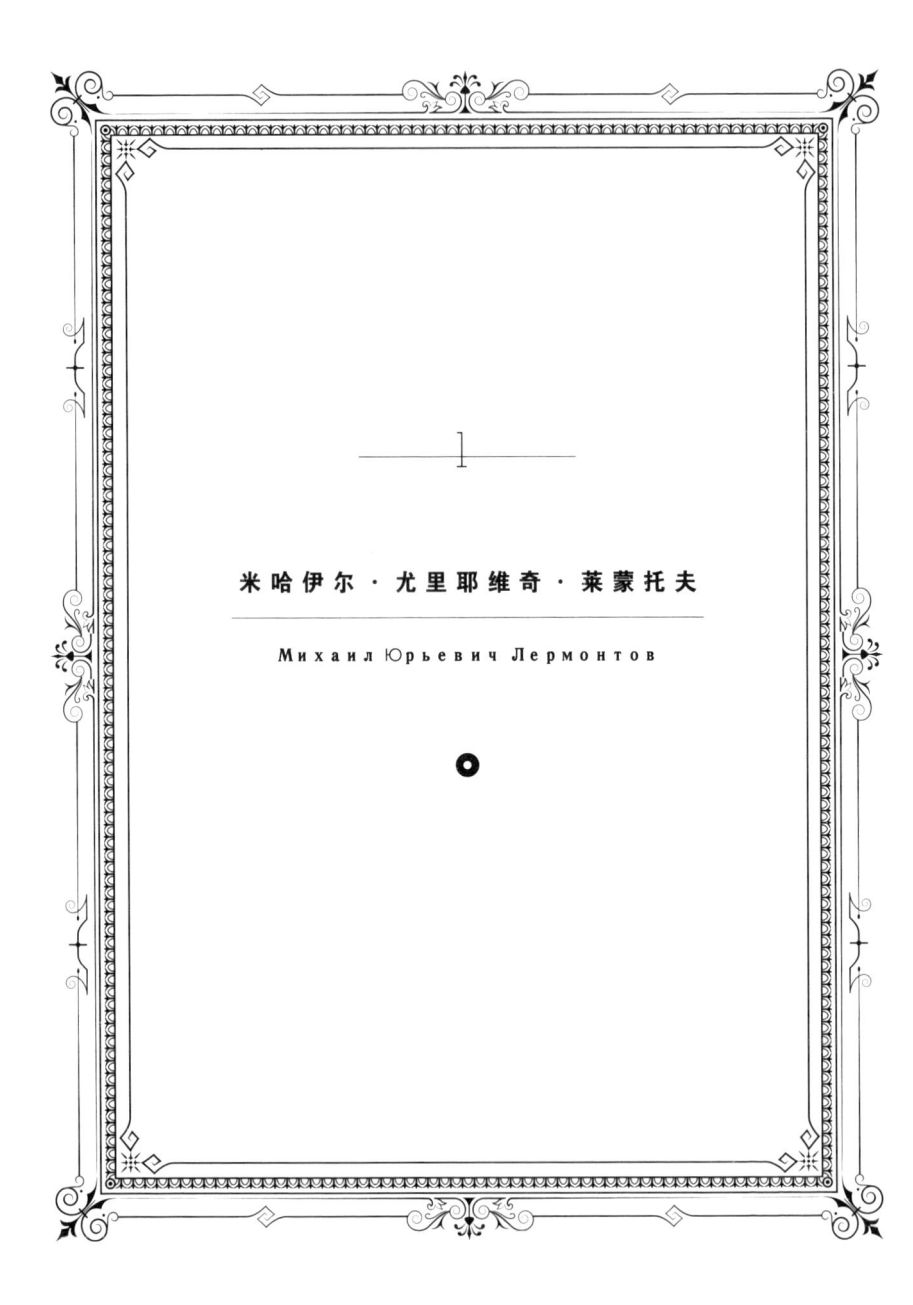

米哈伊尔·尤里耶维奇·莱蒙托夫

Михаил Юрьевич Лермонтов

我爱的并不是你

你错了!我爱的并不是你
你美丽的容颜摇撼不了我的心
我爱的只是你身上我往昔的痛苦
还有我那早已消逝的青春

有时候,当我含情脉脉地
盯着你的双眸凝视
我在心里悄悄地交谈
但和我说话的那个人却不是你

我是在和我年轻时的女友密谈
在你的脸上寻找着另一副面孔
在你活的嘴唇上寻找那早已喑哑的嘴唇
在你眼里寻找那早已熄灭的火焰

By John James Audubon

茶色画眉
Tawny Thrush

1

安娜·安德烈耶夫娜·阿赫玛托娃

Анна Андреевна Ахматова

晚霞之下的大地广阔而静谧

Karpova Tatiana 译

晚霞之下的大地广阔而静谧,
四月的天凉意淡淡。
你迟到了很多年,
但我还是很高兴遇见你。

过来吧,坐在我旁边,
你的眼睛还是那么地爱笑。
看看吧,这个蓝色的本子里
都是我小时候写过的诗歌。

请原谅我以前总是闷闷不乐,
不懂得去享受太阳的光芒。
也请原谅我把那些路人
误认为你。

二十一号。周一。深夜。

Karpova Tatiana 译

二十一号。周一。深夜。
幽暗中城市的轮廓若隐若现。
不知是哪个闲人
编了这个名为爱情的童话。

也不知是因为耐不住寂寞,
还是因为实在是太无聊,
人们都把这个童话当真了,
我们等待相遇,害怕别离,
唱情歌。

只是有的人好像看透了真相,
于是变得沉默寡言。
我也因为偶然发现了这个秘密,
直到现在无法走出来。

我恐怕再没有机会与你共饮淡水甜酒

Karpova Tatiana 译

我恐怕再没有机会
与你共饮淡水甜酒。
清晨里我们不会再接吻,
傍晚里不能从一个窗户赏暮色。
你是那温热的太阳,我更像冰凉的月亮,
可爱情让我们同在一片天空里。
我的忠诚朋友,我的温柔情人,
我会一直陪在你身边,做那个让你快乐的知己。
从你灰色的眼睛里我看出了恐惧,
我也因为你得了相思病。
平时只能匆忙见你一面,不敢再多求。
也许是因天安排,我们不能让这份激情烧成烈火。
但我的诗歌里全是你的声音,
你的诗词里全是我的叹息。
这个烈火不会因为恐惧而熄灭,也不会被忘记!
我多么希望你能知道,
我有多爱你红润而英俊的嘴唇。

By John James Audubon

白头鸽
White-crowned Pigeon

17

1

亚历山大·亚历山大罗维奇·勃洛克

Александр Александрович Блок

我只是活着,却没有爱

我只是活着,却没有爱
即便将来我会忘记
无论何处遇见你
我的灵魂依旧战栗
啊,这一双遥远的手
即便在离别时分
仍然给我暗淡的生活
迷人的吸引
在我孤零零的房子里
在空荡且寒冷的房子里
在永远不自由的梦境里
我梦见被抛弃的房子
我梦见流逝的时光
我梦见如水的岁月
显而易见,我的思想
被你永恒占据着
无论谁对我招手,我都不会
用你留给我的绝望
去换取那平庸的温柔
我离群索居,我沉默不语

By John James Audubon

黑莺和黄莺
Black & Yellow Warblers

1

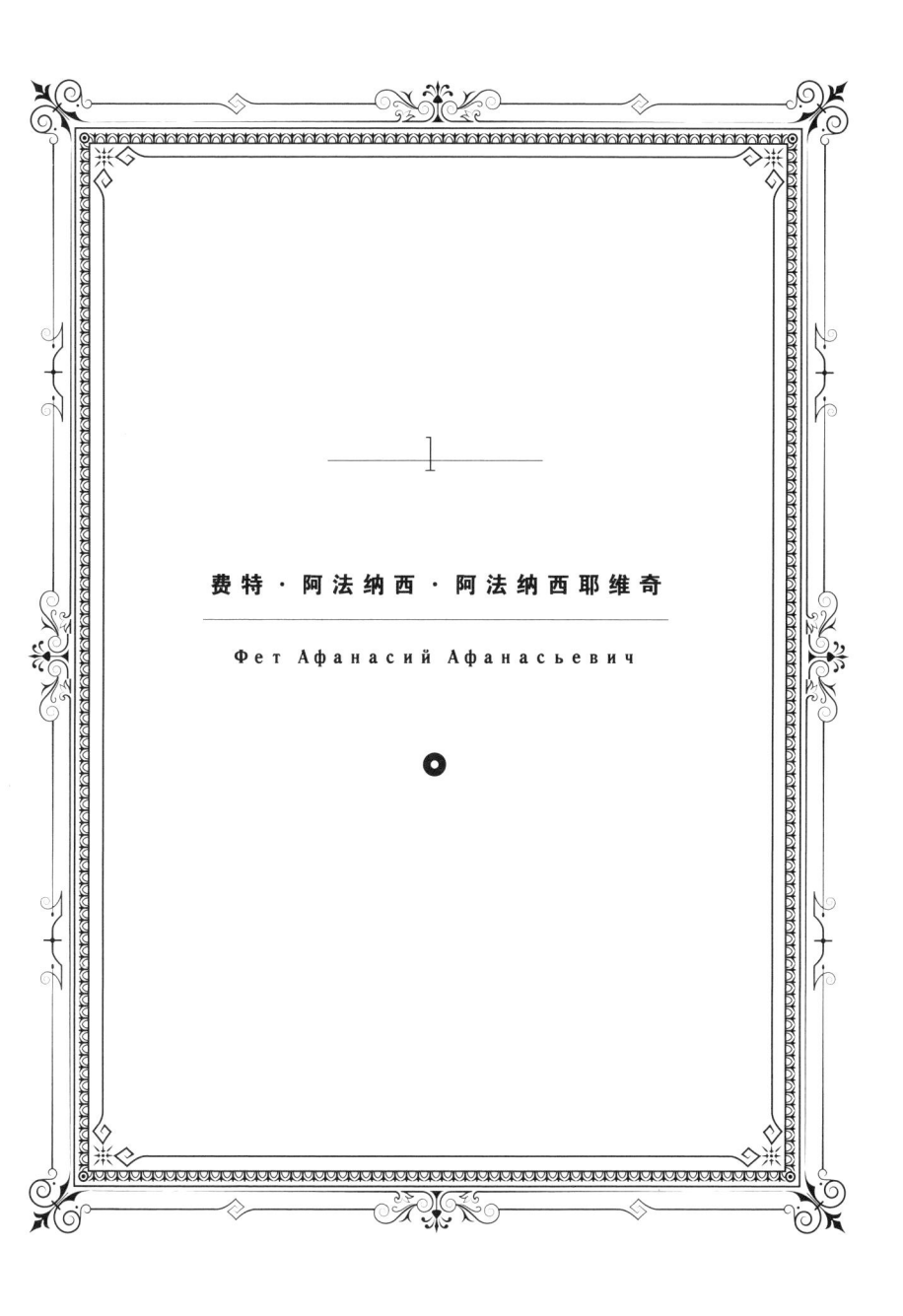

费特·阿法纳西·阿法纳西耶维奇

Фет Афанасий Афанасьевич

我认得出你……

无论是明亮的白昼还是披着暮色的黄昏,
你骑马从花园外走过。
当扁桃树落英缤纷,
我认得出你。我认得你洁白的面纱。

我远远地听你弹奏着吉他,
伴着泉水叮咚和夜莺啼鸣……
我每天透过篱笆向远处凝望——
看你那洁白的面纱是否在园中闪光。

别 睡 了

别睡了:我为你
捧来黎明和两枝玫瑰。
银色的露珠下,
玫瑰比火还娇艳。

春天的雷雨很短,
空气清新,树叶翠绿……
香气袭人的玫瑰,
默默垂泪。

By John James Audubon

雪雁
Snow Goose

24

法 国 篇
France

她们让我明白，

如果没有你，

我只能看到自己微小的一部分

如果没有你，

我只能看见无边的沙漠

2

保罗·艾吕雅

Paul Éluard

我爱你

我爱你。为了一切我不曾认识的女人
我爱你。为了一切我不曾生活过的时间
为了遥远的芬芳的海,为了热气腾腾的面包
为了融化的雪,为了最先绽放的花
为了不害怕无邪的人类生灵
我爱你。为了爱
我爱你。为了一切我不爱的女人

她们让我明白,如果没有你,我只能看到自己微小的一部分
如果没有你,我只能看见无边的沙漠
横亘于过去与现实之间
我走过所有死亡的枯草

却无法刺穿我镜子一样的墙
我不得不一个字一个字地学会生活
就像人们一个字一个字地把它遗忘

我爱你。为了你的而不是我的智慧
为了活力
我爱你。背叛着一切只是幻觉的事物
为了这颗不属于我的不朽的心
你相信你是理性你是怀疑
你是伟大的太阳，让我痴迷
当我确信我还是我自己

除了爱你,我没有别的奢望

除了爱你,我没有别的奢望
一场风暴占据了河谷
一条鱼占据了河流

我把你造得像我的孤独一样大
我们好躲藏于整个世界里
以便我们日里夜里相互了解
为了在你的眼里不再看到其他
而只看到我对你的想象
只看到你的形象中的世界

还有你眼帘控制的白天黑夜

By John James Audubon

黄翅麻雀
Yellow-winged Sparrow

2

亨利·德·雷尼埃

Henri de Régnier

By John James Audubon

玫胸白斑翅雀
Rose-breasted Grosbeak

33

心　愿

为了你的眼睛，我希望
有一片平原和一片绿油油的五彩森林
柔和地呈现在遥远的地平线上
晴朗的天空下，有几座轮廓美丽的山丘：
曲曲折折地盘旋着，云雾蒸腾
仿佛在柔和的空气中交融
要么有几座山丘
要么有一片森林……

我希望，你能听见
大海涛声的低吼。它们
有时汹涌阔大，有时深沉轻柔
轻轻哀叹着，像是恋人的倾诉
偶尔，就在你身边
在海涛的间歇中，你能听到

为　　　写首诗

离你很近的一只鸽子
在清寂中歌唱
轻声细语着像是在倾诉恋情
在暗淡的阴影中
你能听到，一泓淙淙流淌的清泉

我希望你手捧着鲜花
走在草地间一条铺满细沙的小路上
小径有时上升，有时下降。有时又拐了个弯
仿佛要伸向那寂静深处
一条铺满细沙的小路
印着你的脚印
我的脚印
我们的脚印

2

保罗·魏尔伦

Paul Verlaine

永 远 不 再

回忆,回忆,你要我如何?
在秋天萧索的空气里,一只斑鸠,
从树林上空飞去,太阳单调而昏倦,
黄叶在北风的尖叫中飘零。

那时我和她走着,像是沉浸在梦里,
我们的头发和思绪在风中摇曳。
突然,她深情地凝视着我问:
"你最幸福的一天是……"

声音天使般清脆甜美,
我没有回答,只是羞涩地笑着,
虔诚地在她洁白的手上吻了吻。

——啊,最初的花总是那么芳香,
最初的允诺总是那么迷人,
恋人唇间的呢喃是魔幻的音乐!

By John James Audubon

褐斑翅雀鹀
Chipping Sparrow

2

纪尧姆·阿波利奈尔

Guillaume Apollinaire

米 拉 波 桥

塞纳河在米拉波桥下荡漾
应当追忆
我们的爱情么
痛苦之后往往会有欢乐

让黑夜降临,让钟声吟唱
时光消逝了,我没有移动

我们就这样手拉着手,脸对着脸
透过我们的胳膊
桥梁下永恒的视线
追寻着疲倦的涟漪

让黑夜降临,让钟声吟唱
时光消逝了,我没有移动

爱情消逝了,像一江流逝的春水
爱情消逝了
生命有多少迂回
希望有多么瑰丽

让黑夜降临,让钟声吟唱
时光消逝了,我没有移动

一日复一日一周又一周
无论时间还是爱情
人不可能两次踏入同一条河流
塞纳河在米拉波桥下不停地流啊流

让黑夜降临,让钟声吟唱
时光消逝了,我没有移动

By John James Audubon

画眉鸟
Wood Thrush

印 度 篇
I n d i a

我曾用无数个形象无数个世代爱你,

从远古到今天,

从他世到今生。

3

拉宾德拉纳特·泰戈尔

Rabindranath Tagore

我曾用无数个形象无数个世代爱你

我曾用无数个形象无数个世代爱你,
从远古到今天,从他世到今生。
我用爱心穿成一只诗歌的链子,
你怜爱地拿起挂在脖子上,
从远古到今天,从他世到今生。

当我听着那些原始的故事,
远古时期恋爱的苦痛以及悲欢离合,
我看见你的形象从永生的昏暗中收拢光明,
像永远嵌在"万有"记忆上的星辰。

我们从太初涌出的两股爱泉中浮上来。

在数不清的爱人的生命中嬉戏,
在满含着忧伤、寂寞的眼泪里,
在甜柔的相会的娇羞战栗中,
在古老的爱恋里常爱常新。

那永恒的爱的激流。奔涌到最后
终于找到了它完全的方向。
所有的欢乐、哀愁和期待,
所有的狂欢、记忆,
所有世代所有地方所有诗人的所有恋歌,
从四面八方涌来。汇成爱情
匍匐在你的脚下。

我需要你,只需要你

我需要你,只需要你——我在心里不停地说着。
那日日夜夜诱惑我的欲念、狡诈与空虚。
就像隐藏在黑夜里祈求的光明一样,
我潜意识深处也在呼唤你——
我需要你,只需要你。
就如同风暴全力打破平静,却最终归于平静一样。
我的反抗冲击着你的爱,
而它的呼唤也还是——
我需要你,只需要你。

美　国　篇

The United States

～～～～～

我说不出为什么爱情来了又去；
只知道夏天曾在我的心中歌唱过一阵子，
　　现在唯余下一片岑寂。

～～～～～

4

沃尔特·惠特曼

Walt Whitman

我歌唱带电的肉体

啊,我的肉体!和其他男人、女人身上一样的你的肉体,我不
　　敢嫌弃,
和你身体各部分一样的形体,我也不敢嫌弃,
我相信你的形体和灵魂的形体是始终一致的,你的形体就是
　　灵魂,
我相信你的形体和我的诗歌是始终一致的,你的形体就是我的
　　诗歌,

男人的、女人的、儿童的、青年的、妻子的、丈夫的、母亲的、
　　父亲的、
青年男子的、青年女子的诗歌,
头、脖子、头发、耳朵、耳垂和鼓膜,
眼睛、眼眶、虹膜、眉毛、眼皮的醒和睡,
嘴巴、舌、唇、齿、上颚、牙床、咀嚼肌,
鼻子、鼻孔、鼻梁、
面颊、鬓角、前额、下巴、喉咙、脖颈、颈椎,
强壮的双肩、威严的胡子、肩胛、后肩、广阔的胸部,

上臂、两腋、肘拐、下臂、臂筋、尺骨,

腕和腕关节、手、手掌、指节、大拇指、食指、指关节、指甲,

宽阔的前胸、胸前卷曲的汗毛、胸骨、腰窝,

肋骨、肚子、脊骨、脊骨的各部,

臀部、尾椎、臀部的里外、睾丸、阴茎,

强壮的双腿,很好地支撑了身体,

小腿、膝、膝盖、大腿,

脚踝骨、脚背、脚拇指、脚趾、趾关节、后脚跟;

一切的姿态,一切美妙的形象,一切属于你的、我的或者任何人的、

男性的、女性的、肉体的东西,

肺的海绵体、胃囊、芳香洁净的肚肠,

在头盖里面的脑子的褶壁,

人体器官的交感、心瓣的开合、口腔的蠕动、性欲、母爱,

女性与一切属于女性的,生自女人的男人,

子宫、乳房、乳头、乳汁、眼泪、欢笑、哭泣、爱的表征、爱的
  不安和兴奋,

声音、姿势、话语、低诉、大叫,

食物、饮水、脉搏、消化、汗液、睡眠、散步、游泳、
臀部的平衡、跳跃、斜倚、拥抱、手臂的弯曲和伸张、
嘴的不断的动作和变化,两眼周围的不断的动作和变化,
皮肤、晒黑的颜色、雀斑、头发,
一个人用手抚摩着肉体裸露着的肌肤时所引起的奇异的感觉,
血液的循环和呼吸的出入,
腰肢的美、臀部的美、往下直到膝部的美,
在你身体中或我身体中的稀薄的鲜红的液汁、骨头和骨髓,
健康的美妙的表现;
啊,我说这不仅仅是肉体的诗歌,肉体的各部分,也是灵魂的诗歌,
 灵魂的各部分,
啊,我可以说,这就是灵魂!

By John James Audubon

黄莺
Yellow Warbler

55

我俩,被愚弄了这么久

我俩,被愚弄了这么久,
现在变了,我们飞快地逃,如同大自然一样地逃跑,
我们就是大自然,我们分别已久,但是现在我们又回来了,
我们变为植物、树干、树叶、树根、树皮,
我们被置放在地上,我们是岩石,
我们是橡树,我们在空地上肩并肩生长,
我们吃着青草,我们是兽群中的两个,如任何一只那样自然地
　　生长,
我们是两条鱼,双双在大海中游来游去,
我们是刺槐花,我们早晚在巷子的周围散发芬芳,
我们是动物、植物、矿物粗劣的斑点,

我们是两只掠夺的鹰,我们在高空中飞,向下窥视,
我们是两个光辉的太阳,我们像星球那样在平衡自己,我们如两
　　颗彗星,
我们在树林中张牙舞爪地觅食,我们猛扑向猎物,
我们是两片云霞,午前午后在天空游弋,
我们是交汇的海洋,我们是在拥抱中翻滚着、彼此浇淋着的两个
　　快乐的海浪,
我们是大气层,清澈的、乐于接受的、可透又不可透的,
我们是雪、雨、寒冷、黑暗,我们每个人都是地球的产物,
我们反复周游,直到我们又回到我们的家里,我们俩,
我们取消了一切,除了我们的自由,除了我们自己的欢乐。

4

埃德娜·圣文森特·米蕾

Edna St. Vincent Millay

我的唇吻过谁的唇,在哪里

我的唇吻过谁的唇,
在哪里,为什么我一点儿也记不得了?
我枕着谁的手臂睡到天明?今夜
雨水像鬼魂一样拍打着玻璃窗户。

唉声叹气。等候着我的回音,
我心中安静地翻滚着痛苦。
那早已忘却的少年再也不在
午夜里转身朝着我呼唤。

树孤零零地站在寒冬中,
不知是什么名的鸟儿一只只消失,
树枝愈发比以前冷清。

我说不出为什么爱情来了又去;
只知道夏天曾在我的心中歌唱过一阵子,
现在唯余下一片岑寂。

By John James Audubon

高草原林莺
Prairie Warbler

60

4

艾米莉·狄金森

Emily Dickinson

没有人认识这朵玫瑰

没有人认识这朵玫瑰——
它很可能无家可归,
如果不是我从路旁拾起,
把它捧起献给你。
只有一只蜜蜂会想念你——
只有一只蝴蝶——
从远方旅行匆匆归来
在它的胸脯,休憩——
只有一只小鸟会惊异——
只有一阵风会叹息——
像你这样的小小小的玫瑰
凋零——多么容易。

请允许我成为你的夏天

当夏天悄然流逝,
请允许我成为你的夏天。
当夜莺与金莺收敛了歌喉,
请允许我成为你的音乐!
请允许我为你绽放——我将穿过墓地,
四处播撒我的花朵!

请把我采撷吧——你的花朵——
银莲花——将为你永远绽放!

我们曾在一个夏天结婚

我们曾在一个夏天结婚,亲爱的——
你最美的时候,在六月——
在你短促的生命终结以后——
我对我自己也开始厌倦——

在黑夜里被你追上——
你让我躺下——
旁边有人手持烛火——
我,也接受亡魂的超度、祝福。

是的,我们的未来不同——
你的草屋面朝太阳——
我的周遭必然是——
海洋,和北方——

是的,你园中的花首先开——
而我的,在严寒播种——
然而有一个夏天我们曾是女王——
是你,在六月加冕——

By John James Audubon

北美歌雀
Song Sparrow

65

4

华莱士·史蒂文斯

Wallace Stevens

By Pierre Joseph Redoute

斑纹哈得孙湾玫瑰
Rosa Alpina Flore Variegato

内心情人的终场独白

点亮傍晚的第一道光,走进房间
让我们停下来休息,并由这个小小的前提推断
那个想象的世界才是终极的至善。

因此这是一个最动情的约会。
按照这种思路,我们才能集中精力,
抛开所有的冷漠,进入一件事物:

在这唯一的事物中,唯一的一条披巾
把我们紧紧地包裹在一起,我们是卑微的,
一丁点儿暖、一线光、一股小小的气力,都能带来奇迹。

现在我们完全忘记了彼此以及我们自己。
我们所感到的隐晦——它来自某种秩序和整体,
以及认知,在心智那生机勃勃的领地里。

正是它们安排了这次约会。
我们说上帝和这个想象是一体的……
无上的崇高啊,高高的烛台照亮了黑暗。

在同一道光外,在心智的中枢外,
我们在傍晚的空中建一座房子,
如果能一起待在那儿就心满意足了。

4

埃德加·爱伦·坡

Edgar Allan Poe

致 海 伦

海伦啊,你的美貌对我来说,
就像那古老的尼赛安帆船,
在芬芳的海面起伏摇曳,
装满了满脸风霜的疲惫的流浪汉,
正驶往故乡的海岸。

你蓝紫色的柔发,古典的脸,
久久地浮现在海面的波涛上,
你女神般的风姿,
将我带回往昔希腊的伟大,
和古罗马的荣光。

看那金碧辉煌的神龛,你亭亭玉立,
俨然一尊雕像,
手提着玛瑙明灯,
啊,普赛克,
你来自那神圣的地方。

By Pierre Joseph Redoute

粉叶蔷薇
Rosa Rubrifolia

4

萨拉·蒂斯代尔

Sara Teasdale

足　够

能在白天与他漫步在同一明媚的大地上
我已经心满意足了；
能在夜晚与他顶着同一夜幕上的星星
我已经心满意足了；

我不希望将风捆缚，
也不希望将大海铐住——
能感受到他的爱像音乐一样拂过身体，
我已经心满意足了。

灰 烬

我说:"我的青春已经逝去,
像一团被雨水浇灭的火,
它再也不会摇曳、歌唱,
或者与风儿一道嬉戏玩耍。"

我说:"扑灭我青春的
绝非多大的悲伤,
而只是那不断敲击我的
小小的惆怅。"

我以为青春已经离去,
但是你却又让我再一次经历——
像火苗呼唤风,
跳动着被点燃;
掀开它那灰色的外套,
为它穿上新衣,
让它像新娘一样
再一次交付你。

By Pierre Joseph Redoute

玫瑰
Rosa villosa therebenthina

76

4

罗伯特·弗罗斯特

Robert Frost

春天里的祈祷

哦,请现在就给我们花丛的快乐;
请不要让我们思考得太过久远,
像那些不确定的结果;让我们留在
这里:这一年中最有生机的春天。

哦,请给我们白色果园的欢乐,
不像白天,而像夜晚的幽灵;
让我们在蜜蜂的幸福中分享幸福,
当蜂群围绕着完美的树集会,膨胀。

让我们在乱舞的鸟中幸福，
当蜂群之上突然传来他们的声音，
流星如针尖般的鸟嘴挤进来，
然后冲过空气中一朵安静的花。

这就是爱，而别的什么都不是，
爱为上帝而在，因为爱，
他把自己神化，
可这爱却需要我们来实践它。

By Pierre Joseph Redoute

日本玫瑰
Rosa Kamtschatica

爱 尔 兰 篇

Ireland

我爱你

因为你能唤出

我最真实的那部分

5

威廉·巴特勒·叶芝

William Butler Yeats

当你老了

当你老了,头发花白,睡眼蒙眬,
在炉前打盹,请取下这部诗,
慢慢读,回想你当年的眼神,
那柔美的光芒与清幽的丽影;

多少人爱你迷人的青春,
爱你的美丽,假意或真心,
唯独一人爱你朝圣者的心,
爱你脸上渐渐衰老的皱纹;

当你佝偻着,在灼热的炉栅边,
伤感地絮叨着往昔的爱情:
在头顶的山上它缓缓地踱着步子,
在密密星群里泅散了它的容颜。

白　鸟

亲爱的，但愿我们是浪尖上的一双白鸟！
流星尚未陨逝，但我们已厌倦了它的火焰；
天边那颗低垂金星的蓝光
唤醒了你我心中一缕不死的忧伤。

沾满露珠的百合、玫瑰的梦里逸出一丝困倦；
呵，亲爱的，可别梦那闪耀的流星，
也别梦那在滴露中低回的蓝星的幽光：
但愿我们化作浪尖上一双飞翔的白鸟：我和你！

我心头萦绕着无数的岛屿和优美的湖滨，
在那里岁月会遗忘我们，悲哀也不再来临；
快快远离那百合、玫瑰以及那让人忧愁的星光，
亲爱的，但愿我们是一双白鸟，低翔在浪尖上！

恋人诉说他心中的玫瑰

一切都是:破损的。陈旧的。荒芜的。
路边婴儿的啼哭和马车的咯吱声交织在一起。
农人们沉重的脚步迈过苍凉的田野。
眼前的一切都扭曲着你的影像——
一枝玫瑰在我的心头怒放。

那丑陋的万物,沉重得难于言表,
我渴望重新塑造这个世界,然后坐在青草地上,
看新生的世界像一只金色的盒子,
因我梦中的你的影像——一枝玫瑰在我的心头怒放。

荷马歌唱过的女人

在我年轻的时候,
如果哪个男人走近她,
我就会想:他喜欢她。
于是便陷于恼火和恐惧之中。
可是如果他路过她时无动于衷,
却是件更糟的事。

于是我开始写作,
从青春写到年老,
我梦到我的诗
达到了足以让后来人那样说出的高度:
"他像一面镜子,记下了她的美。"

在我年轻的时候,
她的美像热烈的火焰,
她走路的样子像漫步在云端。
那个荷马歌唱过的女人——
生活和文学不过是一场英雄的梦。

饮 酒 歌

酒从口入,
爱在眼里;
这是我们的真理,
在老去和死去之前;
我举杯向唇,
凝视着你,轻轻叹了口气。

沉默许久之后

沉默了许久终于开始言语:没错。
所有的情人都已远离或者死去,
不友好的灯光潜伏在灯罩里,
窗帘把坏的夜色摈弃在外,
我们不停地谈论着
艺术与诗歌这些崇高的主题,
智慧随着身体的衰老生长;年轻时
我们彼此相爱却浑然不知。

By Pierre Joseph Redouté

苹果花
Fleurs de Pommier

5

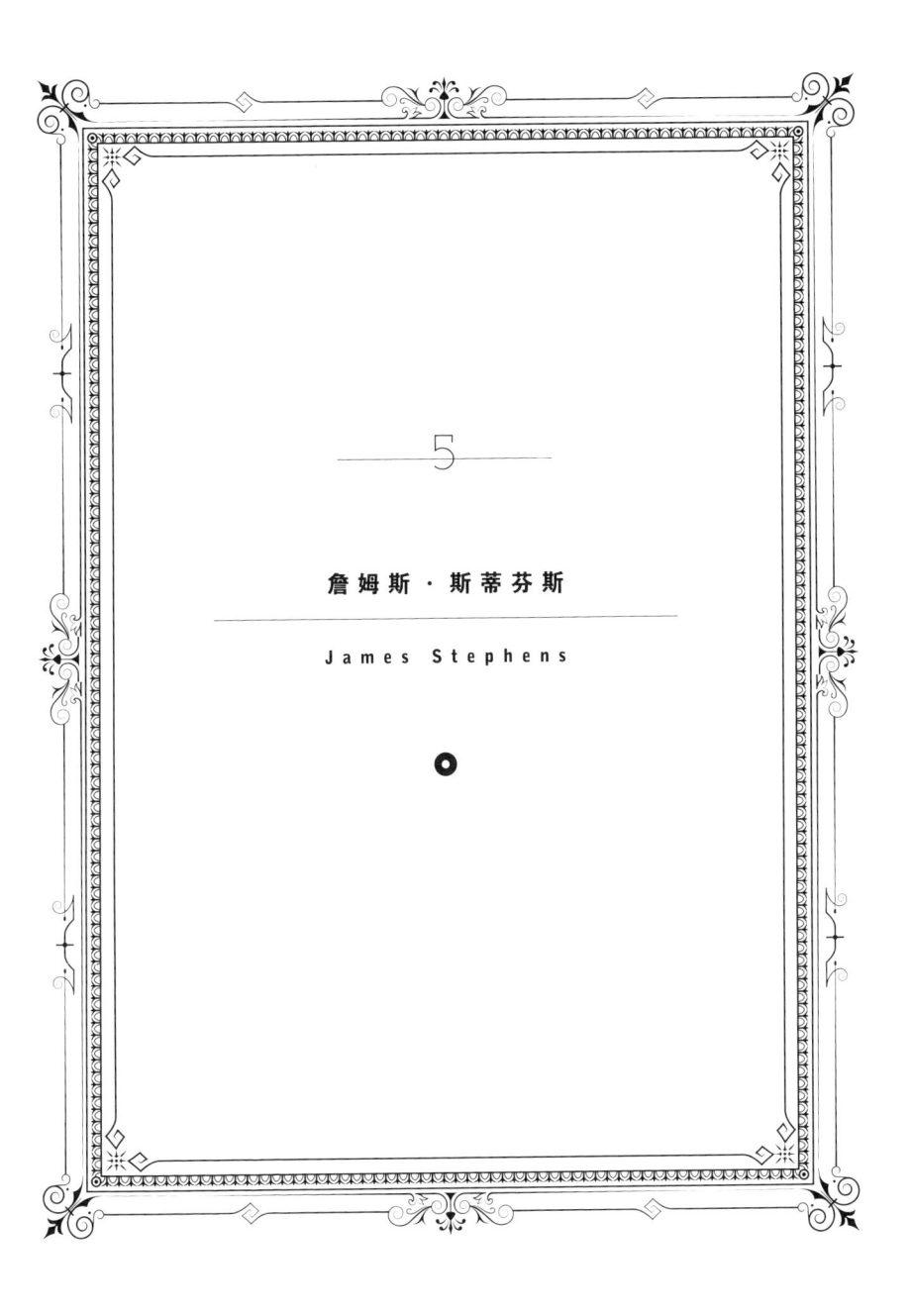

詹姆斯·斯蒂芬斯

James Stephens

By Pierre Joseph Redoute

阔叶银莲花（别名：华北银莲花）
Anemone Stellata

雏 菊

在清晨蓓蕾的芳香中——哦,
微风下,草浪向远方轻涌,
在那长满雏菊的野地里,
我看见爱人在慢慢地走。

当我们快乐地漫游时,
我们不说话也没有笑;
在清晨蓓蕾的芳香中——哦,
我亲了亲爱人的双颊。

一只云雀鸣叫着飞离大地,
一只云雀在云端向下歌唱,
在长满雏菊的野地里,
我和她手挽着手慢慢地走。

By Pierre Joseph Redouté

芹叶包心玫瑰
Rosa Centifolia Bipinnata

奥 地 利 篇

Austria

～～～～～～

我怎么能控制住我的灵魂，
让它不向你的灵魂伸长？
我怎能让它越过你向着其他的事物？

～～～～～～

6

莱纳·玛利亚·里尔克

Rainer Maria Rilke

爱 的 歌 曲

我怎么能控制住我的灵魂,让它
不向你的灵魂伸长?我怎能让它
越过你向着其他的事物?
啊,我多么愿意把它
放在任何一个阴暗的角落,
放在一个生疏的寂静的地方,
不再悸动——如果你的心悸动。
可是一切啊,凡是触动你的我的,
就像是把我们拉在一起的拉琴弓,
从两根弦里发出"同一个"声响。
我们被拉在什么样的乐器上?
什么样的琴手把我们握在手里弹唱?
啊,甜美的歌曲。

熄灭我的双眼

熄灭我的双眼,我仍能看见你
堵塞我的两耳,我仍能听到你
没有脚,我仍能走近你
没有嘴,我仍能为你祈祷
折断我的双臂,我仍能拥抱你
——我的心如一双手
停止我的心脏,我的脑仍会跳动
如果你在我的脑中放一把火
我将在血液中铭刻着你

By Pierre Joseph Redouté

鼠曲草（别名：蒿草）
Astelma eximium

中 国 篇
China

～～～～～

你是一树一树的花开，

是燕在梁间呢喃，

——你是爱，

是暖，

是希望，

你是人间的四月天！

～～～～～

7

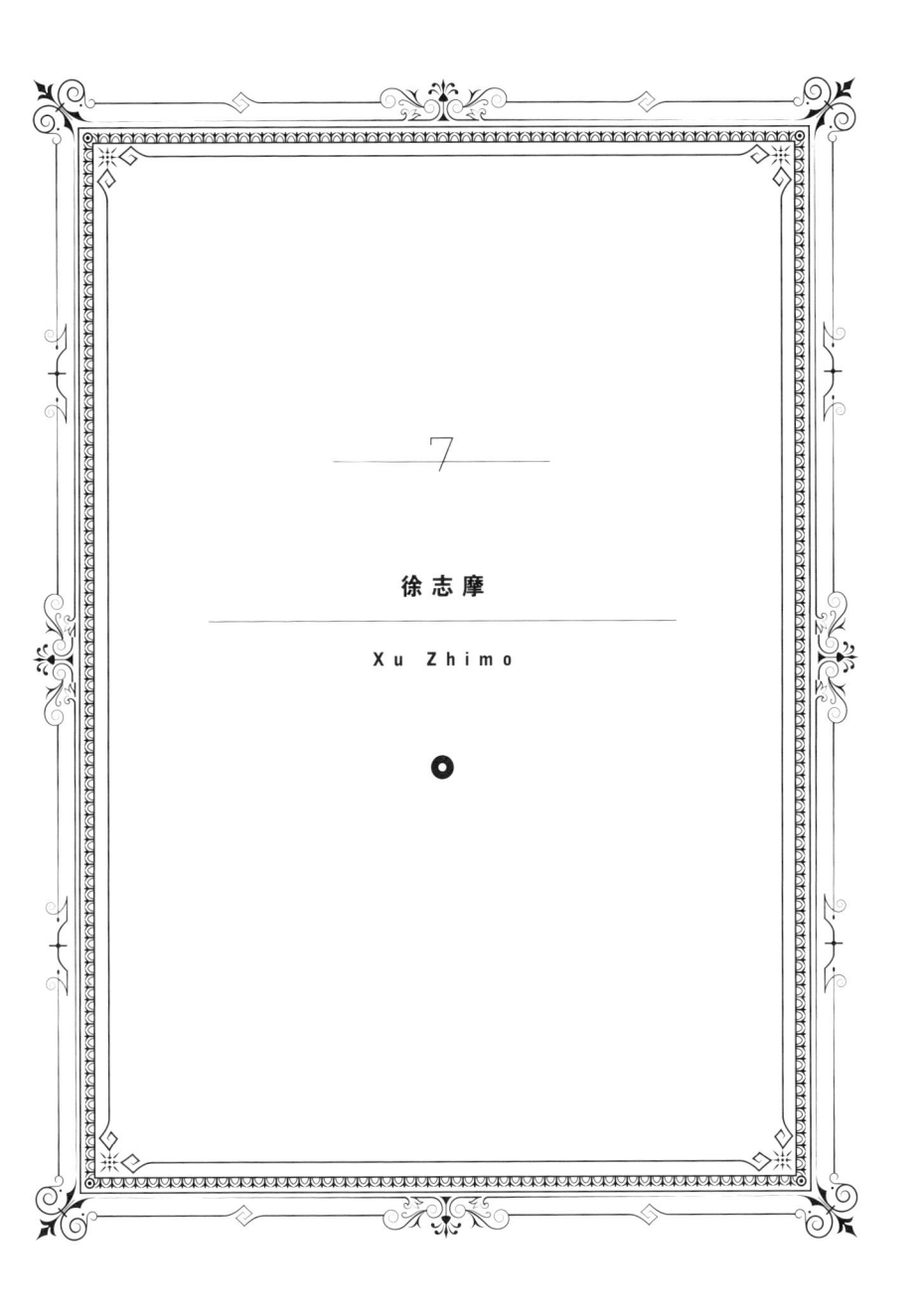

徐志摩

Xu Zhimo

偶　然

我是天空里的一片云，
偶尔投影在你的波心——
你不必讶异，
更无须欢喜——
在转瞬间消灭了踪影。
你我相逢在黑夜的海上，
你有你的，我有我的，方向；
你记得也好，
最好你忘掉，
在这交会时互放的光亮！

月下待杜鹃不来

看一回凝静的桥影,
数一数螺钿的波纹,
我倚暖了石栏的青苔,
青苔凉透了我的心坎;

月儿,你休学新娘羞,
把锦被掩盖你光艳首,
你昨宵也在此勾留,
可听她允许今夜来否?

听远村寺塔的钟声,
像梦里的轻涛吐复收,
省心海念潮的涨歇,
依稀漂泊踉跄的孤舟!

水粼粼,夜冥冥,思悠悠,
何处是我恋的多情友,
风飕飕,柳飘飘,榆钱斗斗,
令人长忆伤春的歌喉。

你 去

你去,我也走,我们在此分手;
你上哪一条大路,你放心走,
你看那街灯一直亮到天边,
你只消跟从这光明的直线!
你先走,我站在此地望着你,
放轻些脚步,别教灰土扬起,
我要认清你的远去的身影,
直到距离使我认你不分明,
再不然我就叫响你的名字,
不断地提醒你有我在这里,
为消解荒街与深晚的荒凉,
目送你归去……

不,我自有主张,
你不必为我忧虑;你走大路,
我进这条小巷,你看那棵树,
高抵着天,我走到那边转弯,
再过去是一片荒野的凌乱:
有深潭,有浅洼,半亮着止水,
在夜芒中像是纷披的眼泪;
有石块,有钩刺胫踝的蔓草,
在期待过路人疏神时绊倒!
但你不必焦心,我有的是胆,
凶险的途程不能使我心寒。
等你走远了,我就大步向前,
这荒野有的是夜露的清鲜;
也不愁愁云深裹,但须风动,
云海里便波涌星斗的流汞;
更何况永远照彻我的心底;
有那颗不夜的明珠,我爱你!

沙扬娜拉——赠日本女郎

最是那一低头的温柔,
像一朵水莲花不胜凉风的娇羞,
道一声珍重,道一声珍重,
那一声珍重里有甜蜜的忧愁——
沙扬娜拉。

By Pierre Joseph Redoute

日本山茶(别名:曼陀罗树、晚山茶、洋茶)
Camelia Panache

7

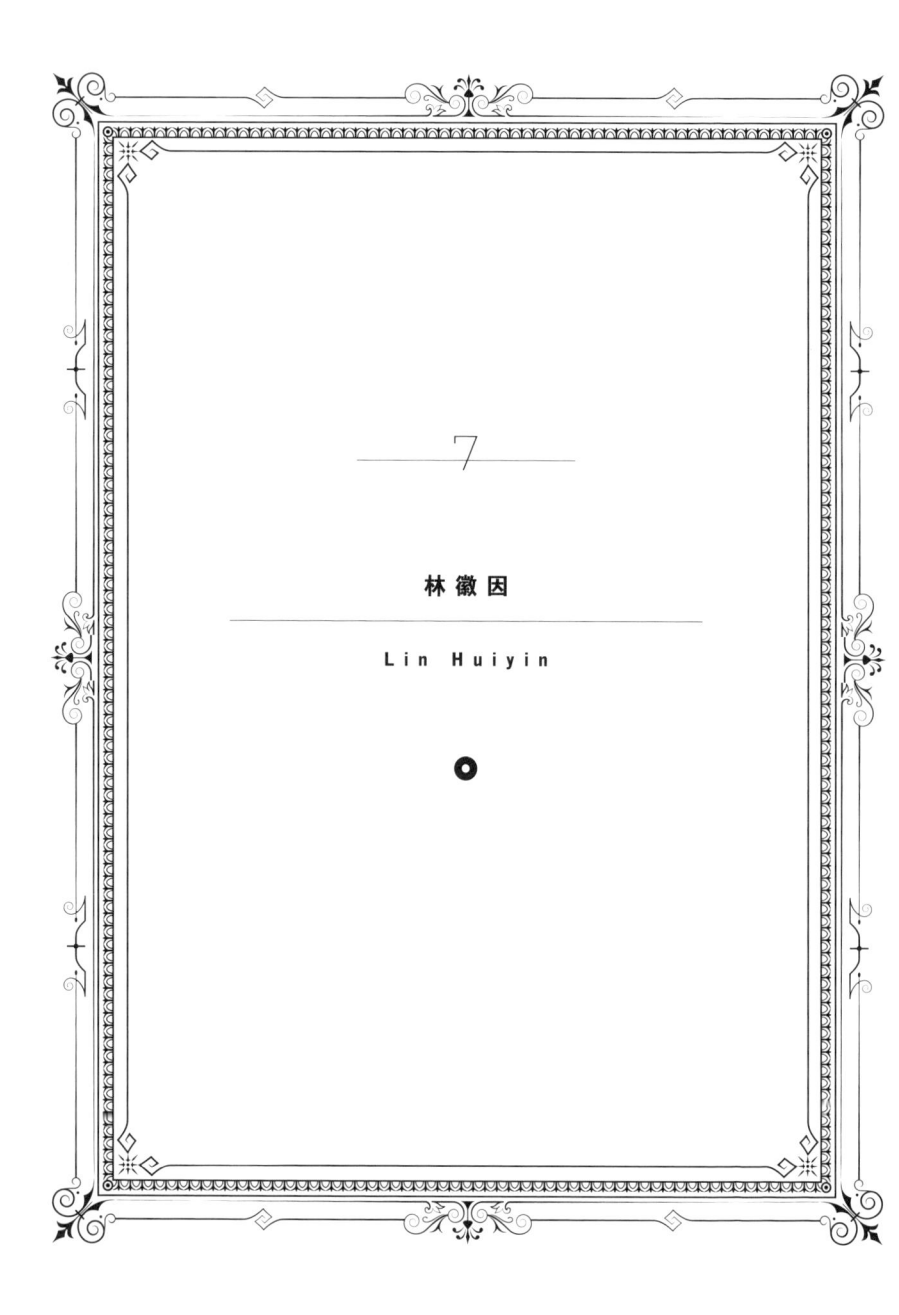

林徽因

Lin Huiyin

你是人间的四月天——一句爱的赞颂

我说你是人间的四月天；
笑响点亮了四面风；轻灵
在春的光艳中交舞着变。

你是四月早天里的云烟，
黄昏吹着风的软，星子在
无意中闪，细雨点洒在花前。

那轻，那娉婷，你是，鲜妍
百花的冠冕你戴着，你是
天真，庄严，你是夜夜的月圆。

雪化后那片鹅黄，你像；新鲜
初放芽的绿，你是；柔嫩喜悦
水光浮动着你梦期待中白莲。

你是一树一树的花开，是燕
在梁间呢喃，——你是爱，是暖，
是希望，你是人间的四月天！

谁爱这不息的变幻

谁爱这不息的变幻,她的行径?
催一阵急雨,抹一天云霞,
月亮,星光,日影,在在都是她的花样,
更不容峰峦与江海偷一刻安定。

骄傲的,她奉着那荒唐的使命:
看花放蕊树凋零,娇娃做了娘;
叫河流凝成冰雪,天地变了相;
都市喧哗,再寂成广漠的夜静!

虽说千万年在她掌握中操纵,
她不曾遗忘一丝毫发的卑微。
难怪她笑永恒是人们造的谎,
来抚慰恋爱的消失,死亡的痛。

但谁又能参透这幻化的轮回,
谁又大胆地爱过这伟大的变幻?

7

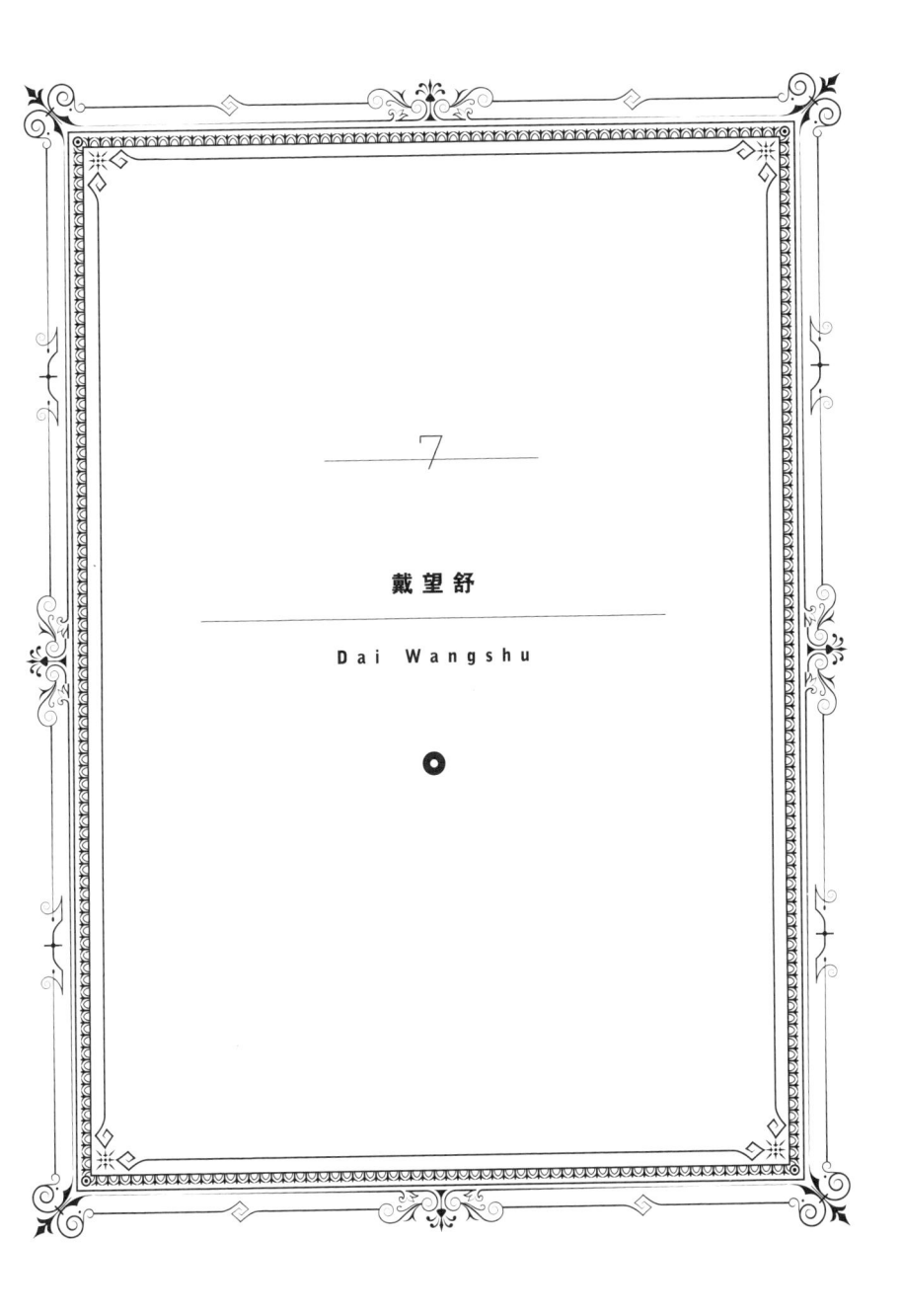

戴望舒

Dai Wangshu

林下的小语

走进幽暗的树林里,
人们在心头感到寒冷。
亲爱的,在心头你也感到寒冷吗,
当你在我的怀里,
而我们的唇又粘着的时候?

不要微笑,亲爱的:
啼泣一些是温柔的,
啼泣吧,亲爱的,啼泣在我的膝上,
在我的胸头,在我的颈边;
啼泣不是一个短促的欢乐。

"追随你到世界的尽头,"
你固执地这样说着吗?
你在戏谑吧!
你去追平原的天风吧!
我呢,我是比天风更轻,更轻,

是你永远追随不到的。
哦,不要请求我的无用心了!
你到山上去觅珊瑚吧,
你到海底去觅花枝吧;
什么是我们的好时光的纪念吗?
在这里,亲爱的,在这里,
这沉哀的,这绛色的沉哀。

雨 巷

撑着油纸伞,独自
彷徨在悠长,悠长
又寂寥的雨巷,
我希望逢着
一个丁香一样的
结着愁怨的姑娘。
她是有
丁香一样的颜色,
丁香一样的芬芳,
丁香一样的忧愁,
在雨中哀怨,
哀怨又彷徨;
她彷徨在这寂寥的雨巷,
撑着油纸伞

像我一样，
像我一样地
默默彳亍着，
冷漠，凄清，又惆怅。
她静默地走近
走近，又投出
太息一般的眼光，
她飘过
像梦一般的，
像梦一般的凄婉迷茫。
像梦中飘过
一枝丁香的，
我身旁飘过这女郎；
她静默地远了，远了，
到了颓圮的篱墙，

走尽这雨巷。
在雨的哀曲里,
消了她的颜色,
散了她的芬芳
消散了,甚至她的
太息般的眼光,
丁香般的惆怅。
撑着油纸伞,独自
彷徨在悠长,悠长
又寂寥的雨巷,
我希望飘过
一个丁香一样的
结着愁怨的姑娘。

丹 麦 篇
Denmark

茅屋里没有任何长物，

只有一对相爱的人，

他们时刻，

深情地相互凝视。

By Pierre Joseph Redoute

法国蔷薇
Rosa Gallica Pontiana

121

8

汉斯·克里斯蒂安·安徒生

Hans Christian Andersen

茅　屋

在浪花拍打的海岸上，
有座孤零零的小茅屋，
周围空旷旷的，
没有一棵树。

只有天空和大海，
只有峭壁和悬崖，
但因为有爱人同在，
所以里面有着最大的幸福。

茅屋里没有任何长物，
只有一对相爱的人，
他们时刻，
深情地相互凝视。

这茅屋又小又破烂，
孤零零地伫立在岸上显得多孤单，
但里面住着最大的幸福，
因为有对爱人彼此相伴。

By Pierre Joseph Redoute

包心玫瑰
Rosa Centifolia Crenata

英　国　篇

The United Kingdom

～～～～～～

我在幽谷最深处遇见她，
　浆果上凝结着露珠。

～～～～～～

9

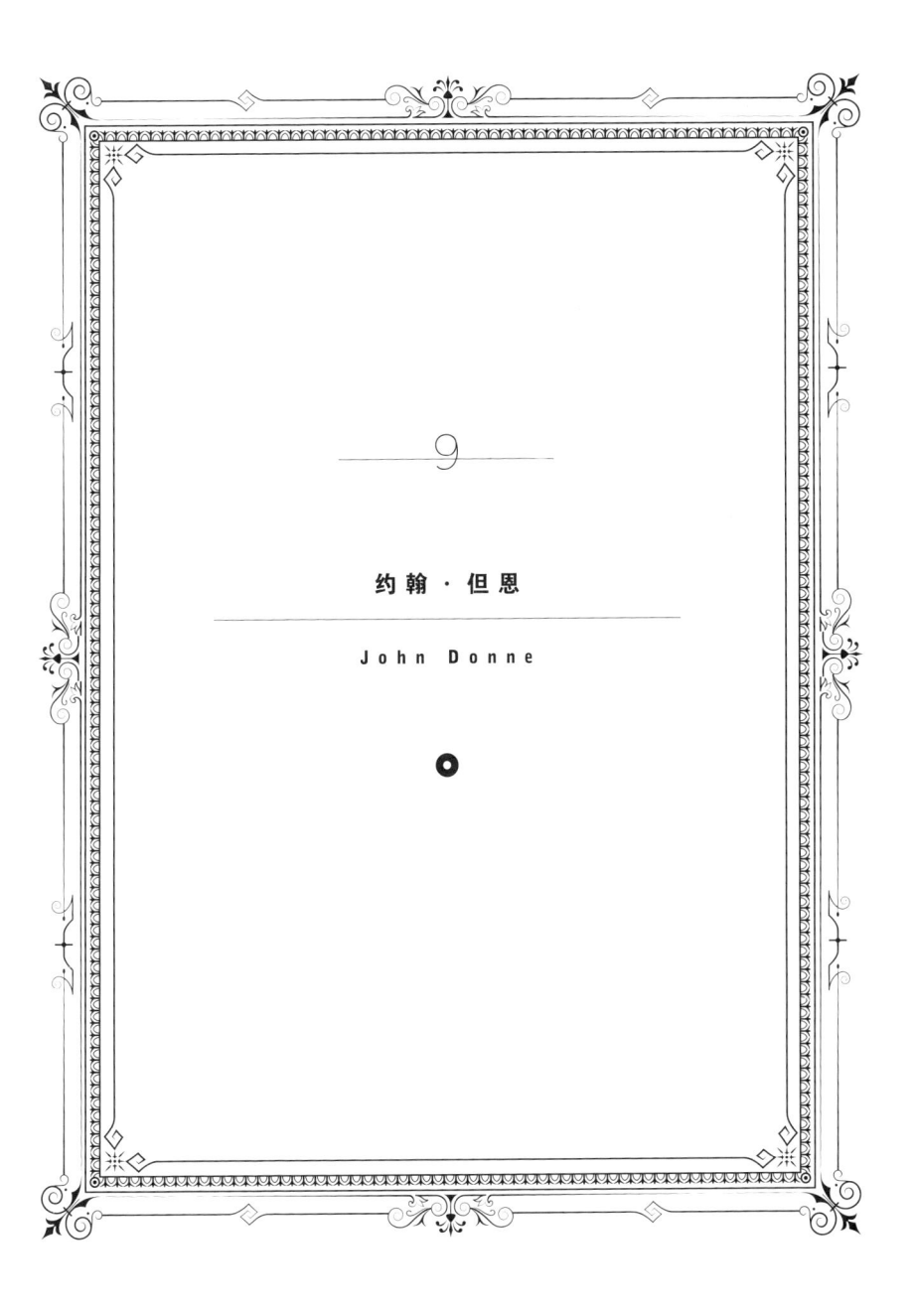

约翰·但恩

John Donne

早 安

我真不明白：你我相爱之前
在做什么呢？莫非我们还没有断乳，
像孩子一般只知道吮吸田园之乐？
或是在七个睡眠者的洞中发出鼾声？
确实如此，但一切欢乐都是虚拟的，
如果我见过，追求并获得过美，
那全都是且仅仅是——梦中的你。
现在向我们苏醒的灵魂道声早安，
两个彼此信赖的灵魂，不需要保持警戒；
因为爱控制了对其他风景的爱，
爱把小小的房间点化成繁杂的世界。
让航海家发现新家向新世界远游，
让无数的世界地图把别人引诱。
我们彼此独立，却又相互占据。
我在你眼里，你在我眼里，
两张脸真诚坦荡，呈现彼此的心意。
去哪儿能找到两个更好的半球啊？
没有寒冷的北，没有下沉的西？
如果调和失当两个人都会死亡。
如果我们的爱合二为一，或是
步调一致，那谁也就不会死去。

9

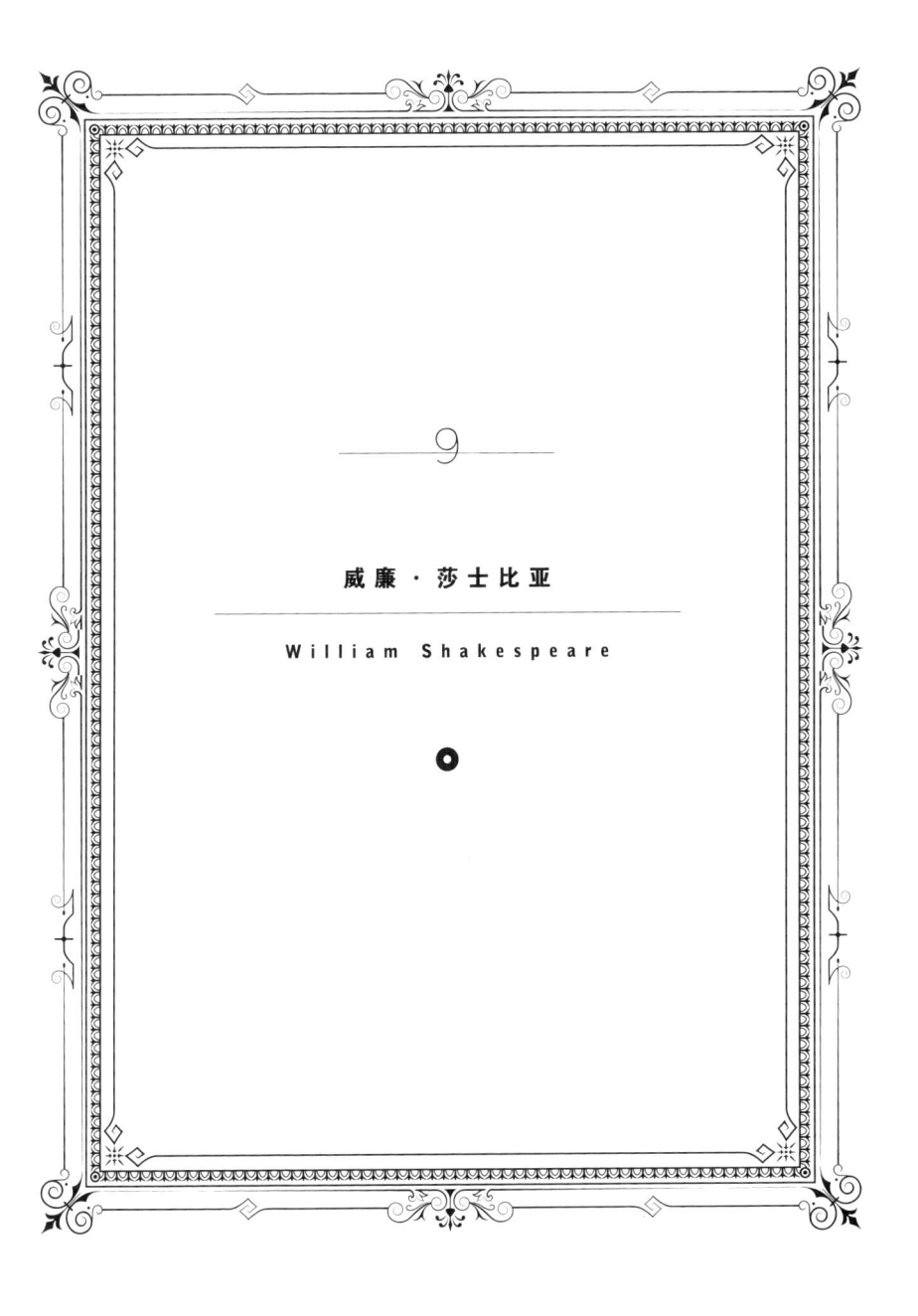

威廉·莎士比亚

William Shakespeare

十四行诗之一〇二

我的爱更浓,虽然看起来似乎更弱;
我的爱还是一样炽热,虽然看起来那样冷:
谁如果把心中的崇拜到处宣扬,
就如同把爱情看作一场交易。
那时是春天,我们才刚刚开始恋爱。
我每天用我的歌去欢迎他来他归,
如同夜莺在初夏的门前彻夜啼鸣,
到了盛夏它便停止歌唱。
不是说现在的夏天没原来那样惬意,
比起万籁静听它歌唱,
更愿意狂欢的音乐载满枝头,
太普通便意味着没有那么深悠。
所以我有时也像它默默无言,
免得我歌唱得太过频繁让你烦厌。

你占领了我的心房

本以为那消逝的一切都已死去,
没想到他们还埋藏在你的胸口。
那里荡漾着爱以及它可爱的一切,
也珍藏着我以为已经失去的朋友。
多少圣洁的泪水,将那虔诚的爱
从我眼中悄悄偷去,就像那些死亡的祭品,
如今我才恍然大悟:
原来收藏了那失去的一切。
你像一座坟墓,埋葬旧爱,
挂满了离去的爱人们的纪念物,
它们将我所有的爱献给你,
从此你集天下所有的爱于一身:
在你身上我看到曾爱过的人的倩影,
你是他们的全部,占有了我的心。

真 正 的 爱

我相信,谁也无法阻挡住真爱。
真爱不会随着改变而轻易改变,
也不会因压力而移情别恋。
面对暴风雨也会屹立不倒;
爱是明星,为迷航的小船指引方向,
虽然高度可知,但谁也无法知道它的价值。
爱不是时间的傻瓜,纵然岁月的魔爪
让红唇朱颜黯然失色;
时光流逝,爱却依然不变,
直到生命终结的那一刻止。
如果这是个错误,并证明我有错,
那就当我从未说过,也从未有人真正爱过。

By Pierre Joseph Redoute

包心玫瑰
Rosa Centifolia Anglica Rubra

9

伊丽莎白·芭蕾特·布朗宁

Elizabeth Barrett Browning

请再说一遍我爱你

已说了一遍。请再说一遍,说,我爱你
即使这样一遍遍地重复
你会把它看成一只布谷鸟的吟唱
记着:在那青山和绿林间,在那山谷和田野中
如果缺少了那串布谷鸟的音节,纵使清新的春天
披着满身的绿装降临也不算完美的爱
四周那么黑。耳边只听见
那痛苦的不安之中惊悸的心跳
我嚷道,再说一遍,我爱你
谁会嫌星星太多?每颗星星都在天空中转动
谁会嫌鲜花太多?每朵鲜花都洋溢着春的气息
说——你爱我。你爱我。一声声敲打着银钟
只是要记住,在默默中还得用灵魂爱我

第一次吻我

他第一次吻我,
只是亲了一下我写出这诗的手。
从此我的手就越来越白净晶莹,
不善于俗世的应酬,而敏于呼唤:
"啊,快听哪,快听天使说话哪!"
即使在那儿戴上一个
紫玉瑛戒指,在我眼里
也比不上第一个吻明晰。
第二个吻,在高处。
他找到了前额。可是偏了些,多半儿
吻在发丝上。这无比的酬偿啊,
是爱神搽的圣油!是先于爱神的美丽的皇冠。
第三个吻,正好按在我嘴唇上
——是那么美妙。从此我就
敢自豪地大声说:"爱,我的爱!"

9

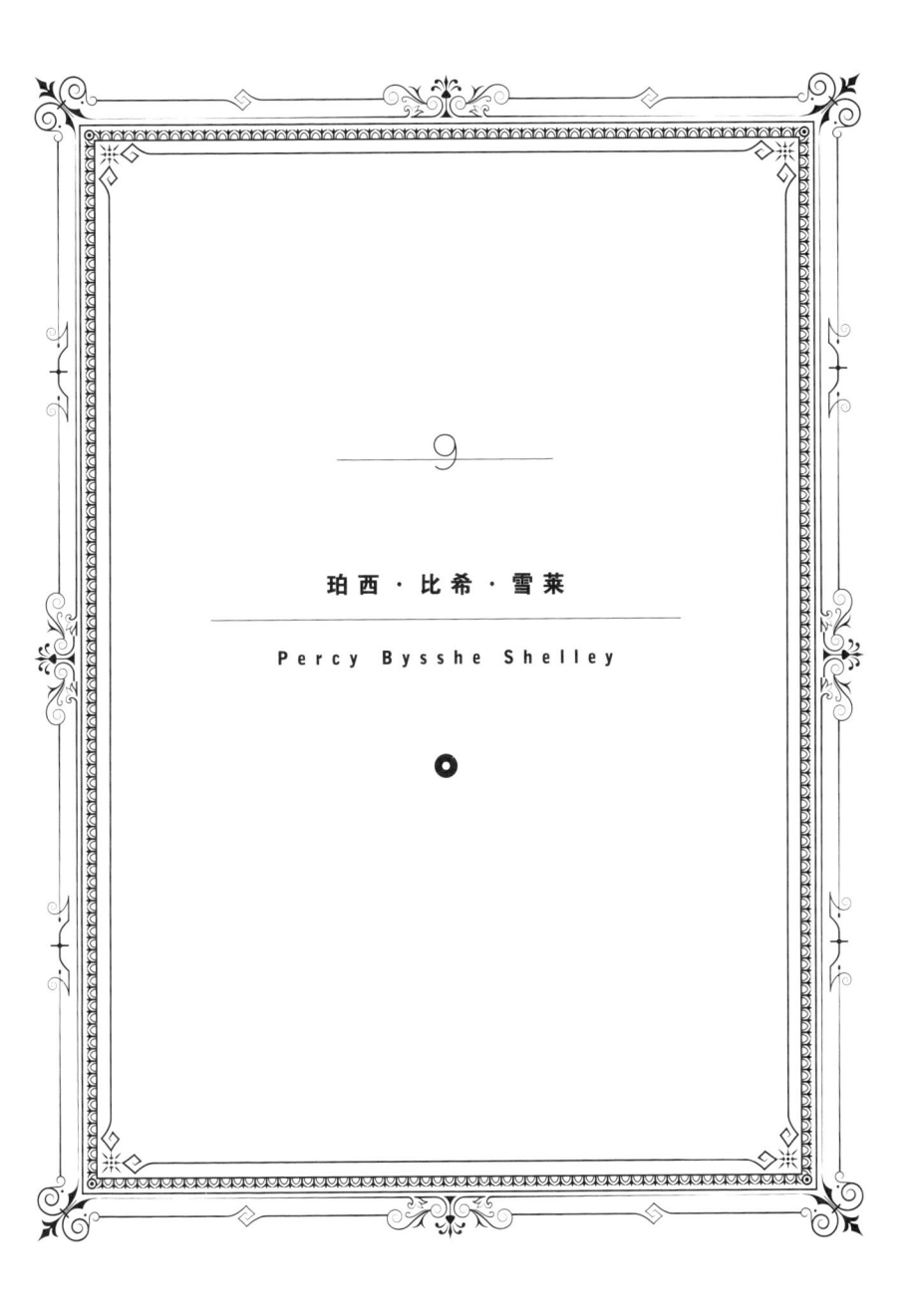

珀西·比希·雪莱

Percy Bysshe Shelley

爱 的 哲 学

溪水总是流向小河,
小河又流向大海,
翕动的天宇风
永远带有甜蜜;
世上哪有什么东西孤零零的?
万物皆受制于自然律,
都必将在某种精神里交汇。
何以你我会是个例外?

你看高山在亲吻着碧空,
波浪也在相互拥抱着;
谁曾看见过花儿彼此水火不容:
姐妹看不起兄弟?
阳光紧紧地拥抱大地,
月光在吻着海水:
但这些接吻对我有什么好处呢
——要是你不肯吻我?

9

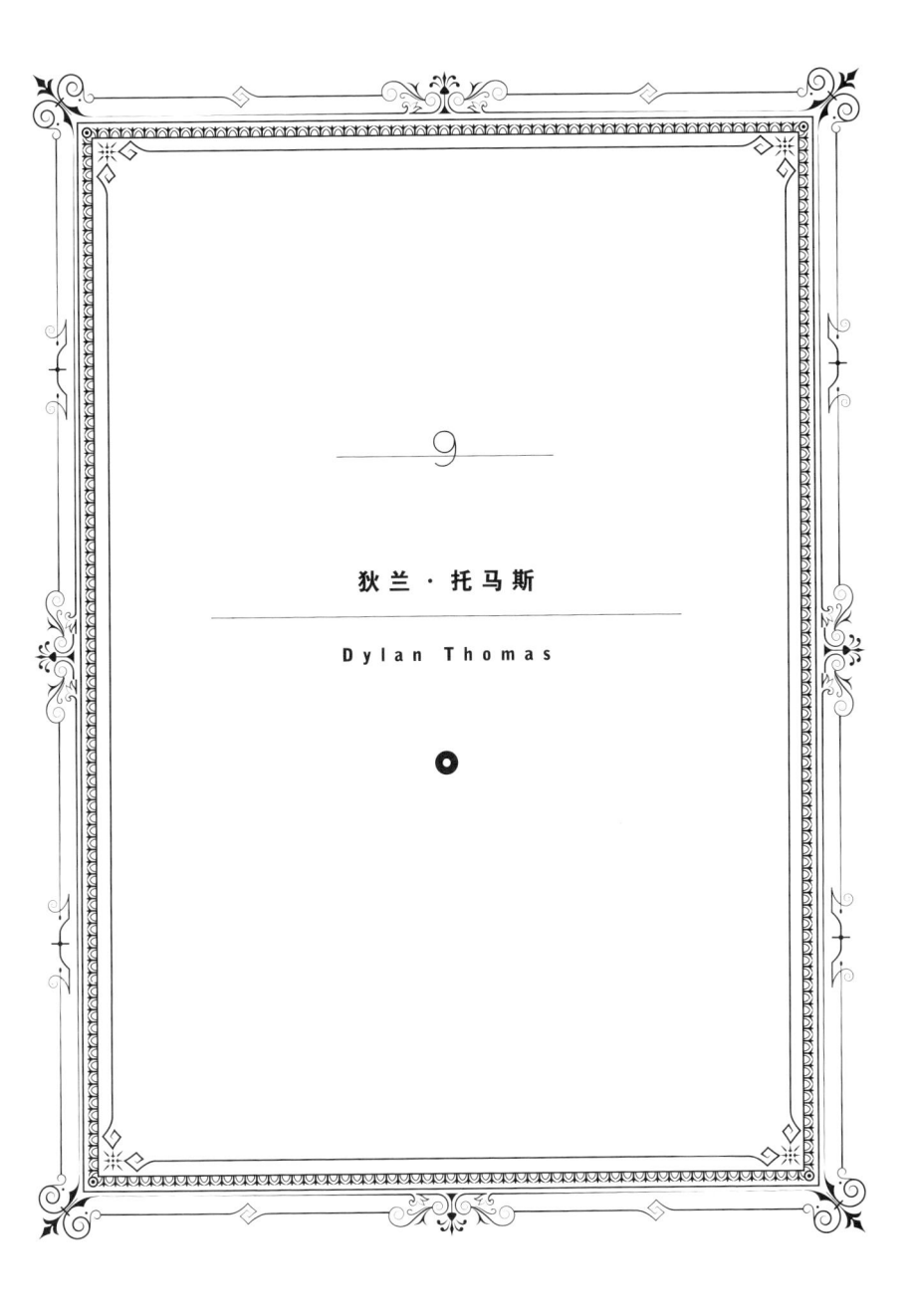

狄兰·托马斯

Dylan Thomas

By Pierre Joseph Redoute

大丽花（别名：大理花、天竺牡丹）
Dalhia Simple

你的呼吸

你的呼吸侵蚀着我的喉咙
我知道脖子上的风是我的冤家
在它热烈冲动的噬吻下,你的秀发
像啤酒杯中的泡沫一样颤动
那虹鸟的脚,不太适于拥有
那半人半兽的爱人,因而盗走她
而不是盗走那"O"字形的羊腿似的风
可还是留下了,还是默默地仰慕
如果众神爱着
他们会像我一样去凝视
但不能像我一样去摩挲
你甜美的有些放纵的大腿
以及那黑黝黝的头发

By Pierre Joseph Redouté

杂色伯内特蔷薇（别名：苏格兰石楠）
Rosa Gallica Granatus

142

9

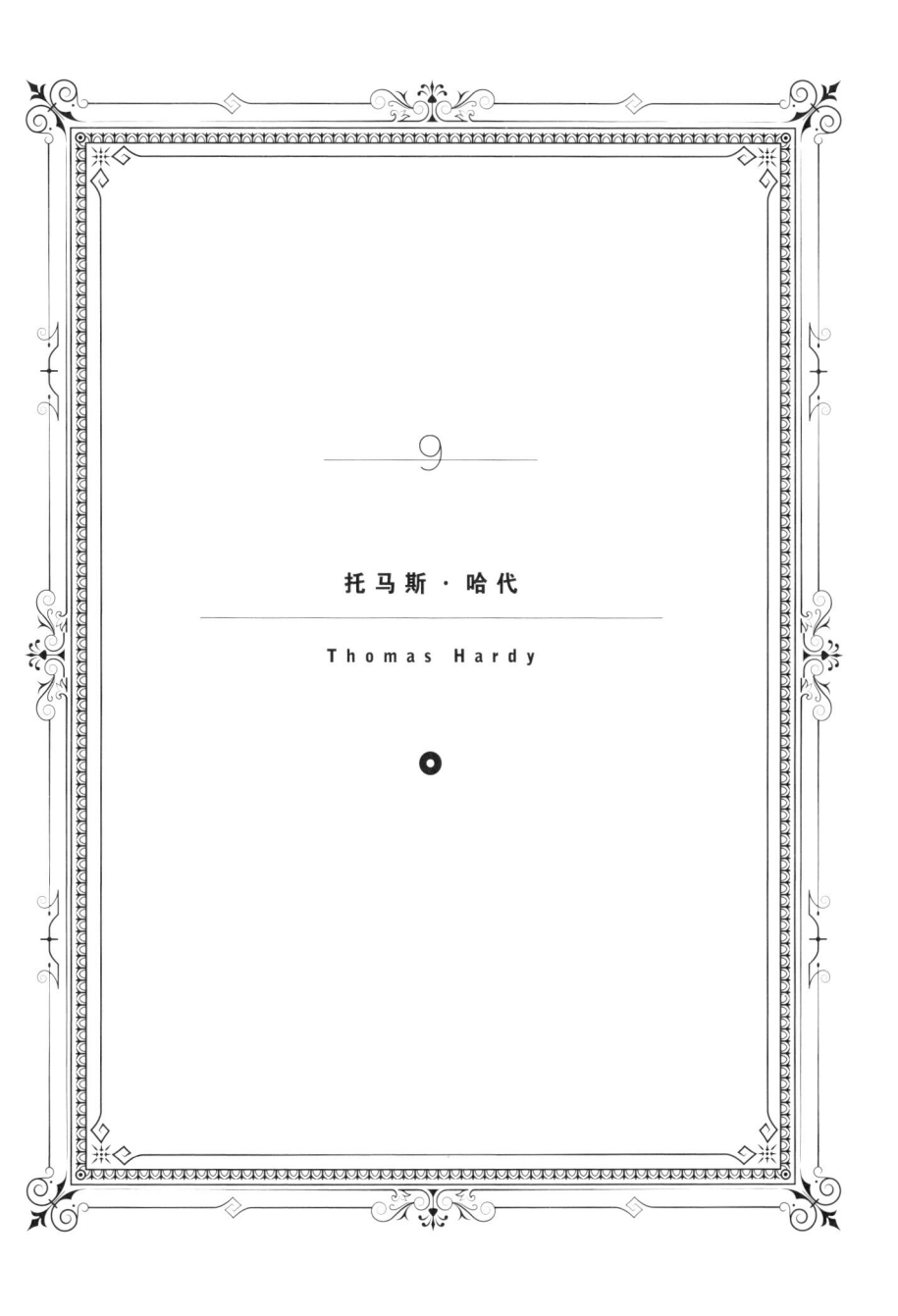

托马斯·哈代

Thomas Hardy

插曲的尾声

我们再也不会沉浸在
甜蜜的过去里
亲爱的,那时爱情的光圈
罩在你我中间

再也找不到当初
我们紧紧偎依的地方
那时我们彼此恩爱
相聚的地方如今已空空荡荡

那些花朵和空气的芬芳
它们此时会不会想念我们

那些夜鸟会不会凄声厉叫
发现我们已不在那里留恋不舍

虽然我们有过赤诚的誓言
虽然我们有过忘情的狂欢
可快乐的巅峰之后
现在就是痛苦的判决

我倔强地护着伤口，忍着不出声
我佯装欢笑
这爱情的道路
比那顽石还要坚硬

By Pierre Joseph Redoute

阿尔卑斯玫瑰（别名：高山玫瑰）
Rosa Alpina Vulgaris

146

一次失约

你没有准时赴约,
时间沙沙地流逝着。我呆呆地没有言语,
我倒不是惋惜错过了相见的甜蜜,
而是由此看出——尽管我十分不情愿
——你缺乏高贵的怜悯,即便是
纯粹出于仁慈,也要成全别人。
当企盼的钟点敲过,你还没有来,
我感到难过。

我知道你并不爱我,
只有爱情才能使你忠于我;
——我早就明白。但耗费一两个小时
又为何不增加一件好事呢:
作为女人,你曾一度慰藉
一个被时光消费的男人,即便是
你并不爱我。

石头上的影子

我从凯尔特石旁走过,
她站在花园中,苍白而孤单。
我停下来看着树影
随着节奏摇曳摆动,
不时从石上掠过。
在我的印象里,这影子
和她在园中干活时
头与肩所投下的影子一样。

我感觉她就在我的身后,
的确,我们分开了这么久,
我说:"我知道你就在我身后,
但你怎么也会走这条过去的路呢?"

除了一片黯然飘落的叶子,我听不到任何回答,
我不愿回头确认
这是不是一场幻觉,
可是我却担心悲伤如大水一样决堤。

然而,我实在是想亲眼
看看我身后有没有人影;
不过我转念一想:"不,我不能打破这幻想,
不管怎样,就算那影子可能存在吧。"
于是我轻轻走出这林间空地,
任她的影子在我身后浮现,
仿佛她真的像个幽灵——
我没有回头,以免打碎这美丽的梦。

By Pierre Joseph Redoute

波特兰玫瑰(别名:鲜红四季玫瑰)
Rosa Bifera Macrocarpa

9

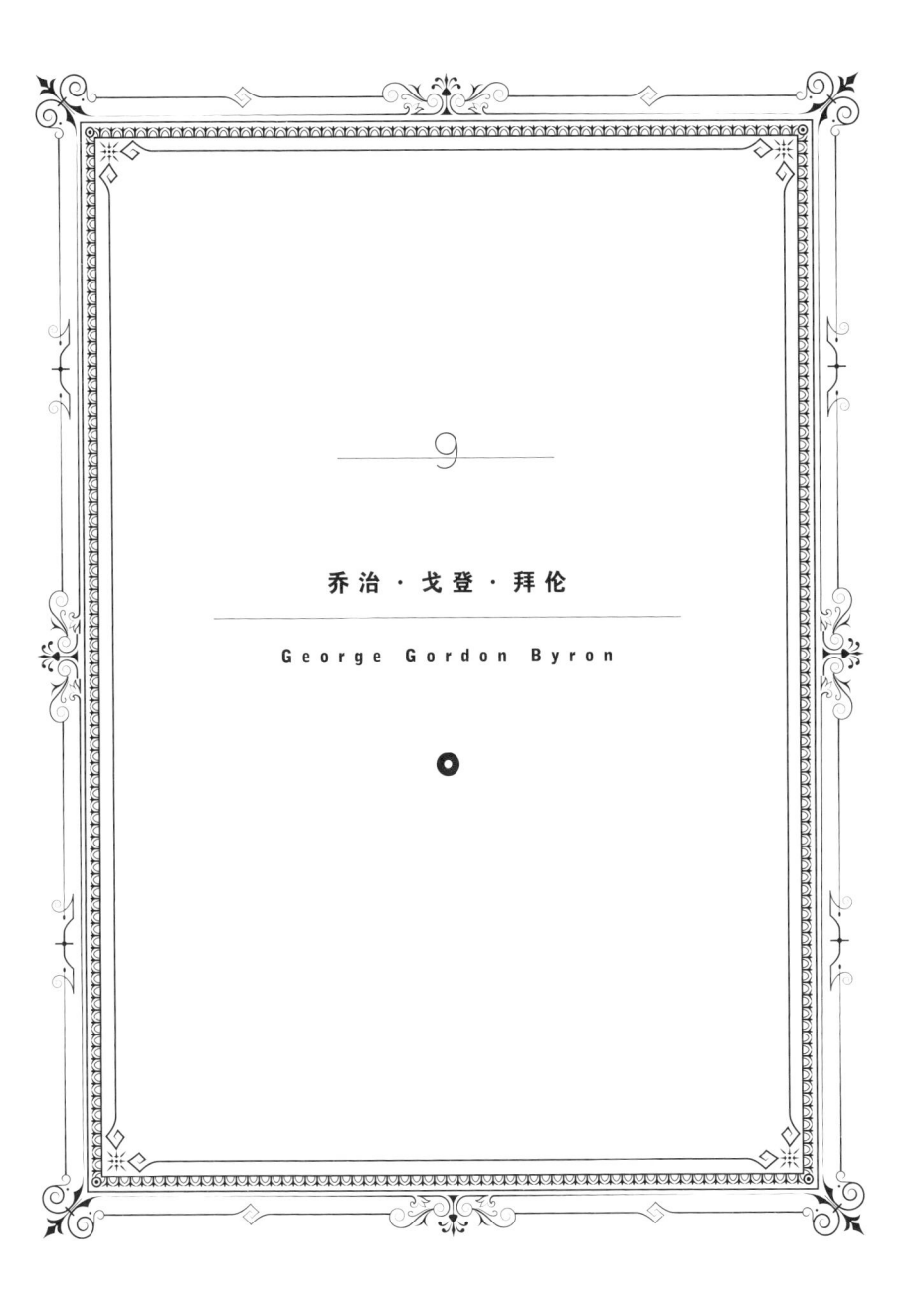

乔治·戈登·拜伦

George Gordon Byron

她走在美的光影中

一

她走在美的光影中,
像夜晚的白云漫过满天繁星;
明与暗——她的仪容和秋波里
呈现出最美的色泽:
刺眼的白天光线太强,
她比那光亮柔、幽暗。

二

明或暗：增一分，减一分
都会破坏那无法摹状的美。
那她乌发上荡漾的美波，
弥漫着淡淡的光辉
那恬静的脸庞和思绪
表明它的来处纯洁高贵。

三

啊，那额际、那娇艳欲滴的面颊，
是那么宁馨而又脉脉含情，
那迷人的微笑以及容颜的光线，
都说明她是一个善良的生命：
她认可人世间的一切，
她的心充溢着纯真的爱！

By Pierre Joseph Redoute

法国蔷薇
Rosa Gallica Granatus

By Pierre Joseph Redoute

多刺伯内特玫瑰
Rosa Myriacantha

我看见过你哭(选一)

我看见过你哭——
你蓝色的眼珠忽然涌出一滴晶亮的泪珠;
那时我想这不就是那
紫罗兰上翻滚着雨露;
我看见过你笑——
在你面前,蓝宝石也会熄灭火焰;
呵,闪烁的宝石怎么比得上
你流转的秋波。

By Pierre Joseph Redoute

翼形萼白玫瑰
Rosa Alba Foliacea

158

9

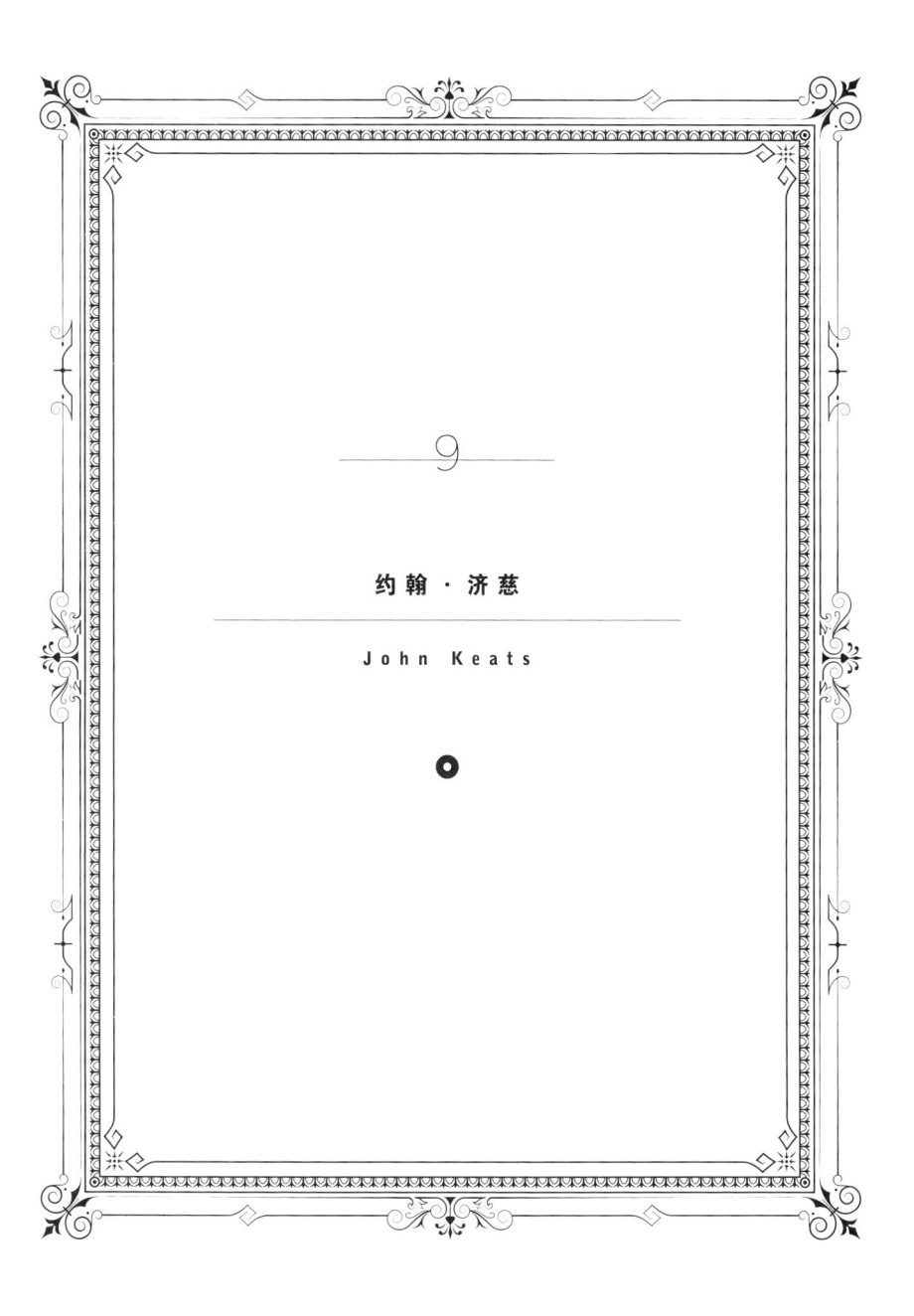

约翰·济慈

John Keats

给——

自从我被你的美吸引,
自从你裸出的手臂俘虏了我,
已整整五年了——
低潮、沙漏反复过滤着每一个时刻。
可是——当我凝视着夜空,
我仍能看到你忽闪的眼睛;
当我看到火红的玫瑰,
心就不由自主飞向你的脸庞;
当我看到刚刚开的花,
我的耳朵就想贴在你唇边
听你轻轻说爱我,就会吞下错误的芬芳:
唉,甜蜜的回忆啊
让每一种喜悦都黯然失色,
你是我的欢乐,我的悲伤。

By Pierre Joseph Redouté

黄玫瑰（别名：卢蒂）
Rosa Eglanteria Luteola

9

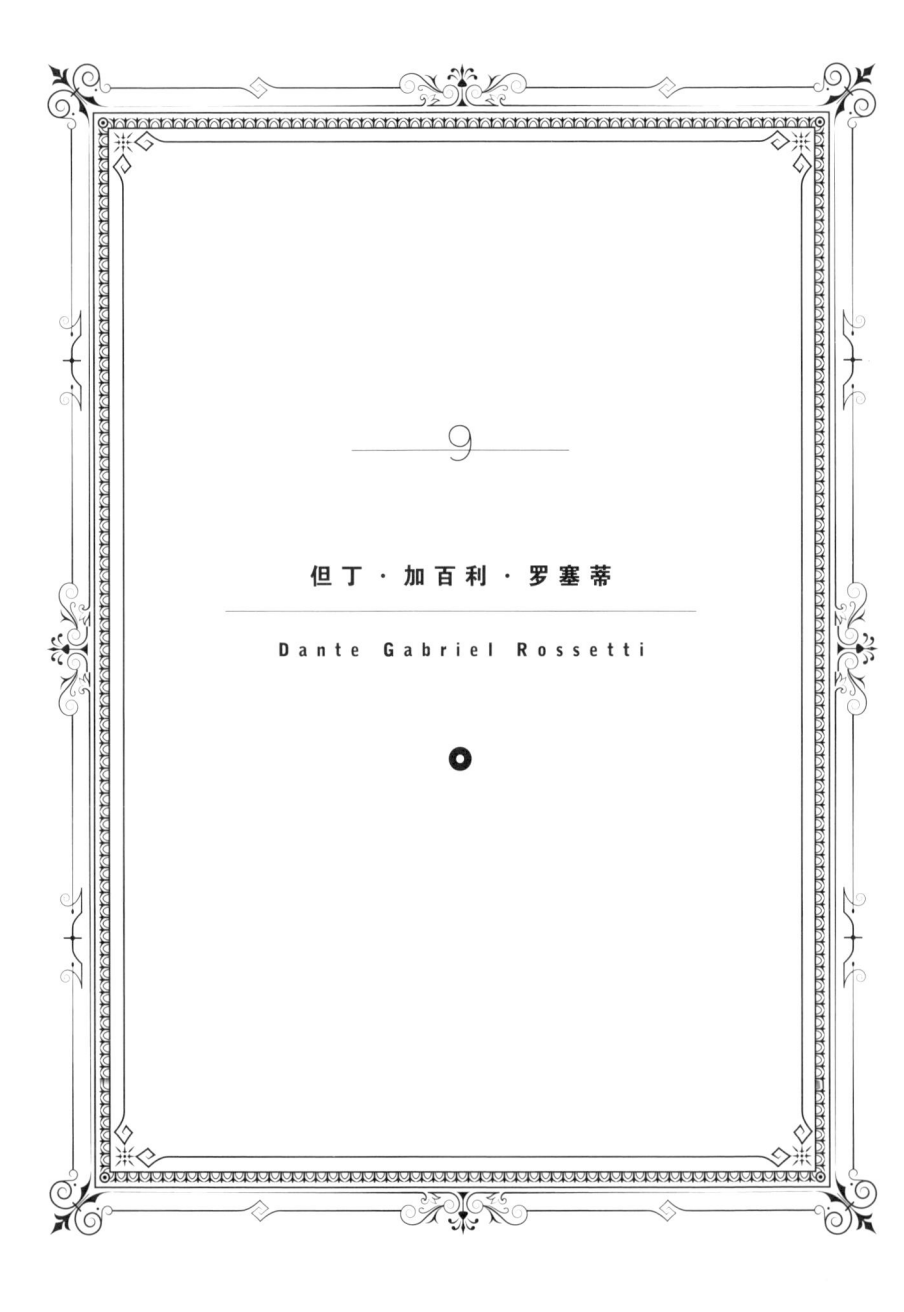

但丁·加百利·罗塞蒂

Dante Gabriel Rossetti

寂静的中午

你把手伸到娇嫩的长草里
指尖像玫瑰花一样透明:
你的眼睛盛着恬静的微笑。
长空下云海汹涌,
在闪电的照耀下牧场忽明忽暗。
在我们的巢穴周围,举目所及,
是镶着银边的金黄的驴蹄草,是环绕篱笆的巍峨山毛榉。
这可见的沙漏一样的寂静。

被阳光追逐的树,枝头挂着一只蜻蜓,
像天空撒开手放下的蓝线;
这生着翅膀的时光从我们头顶降落。
啊!心贴心抱紧我们,为了这不朽的馈赠,
为了这亲密相伴的沉默时光,
两个人默默无言就是一首爱情。

9

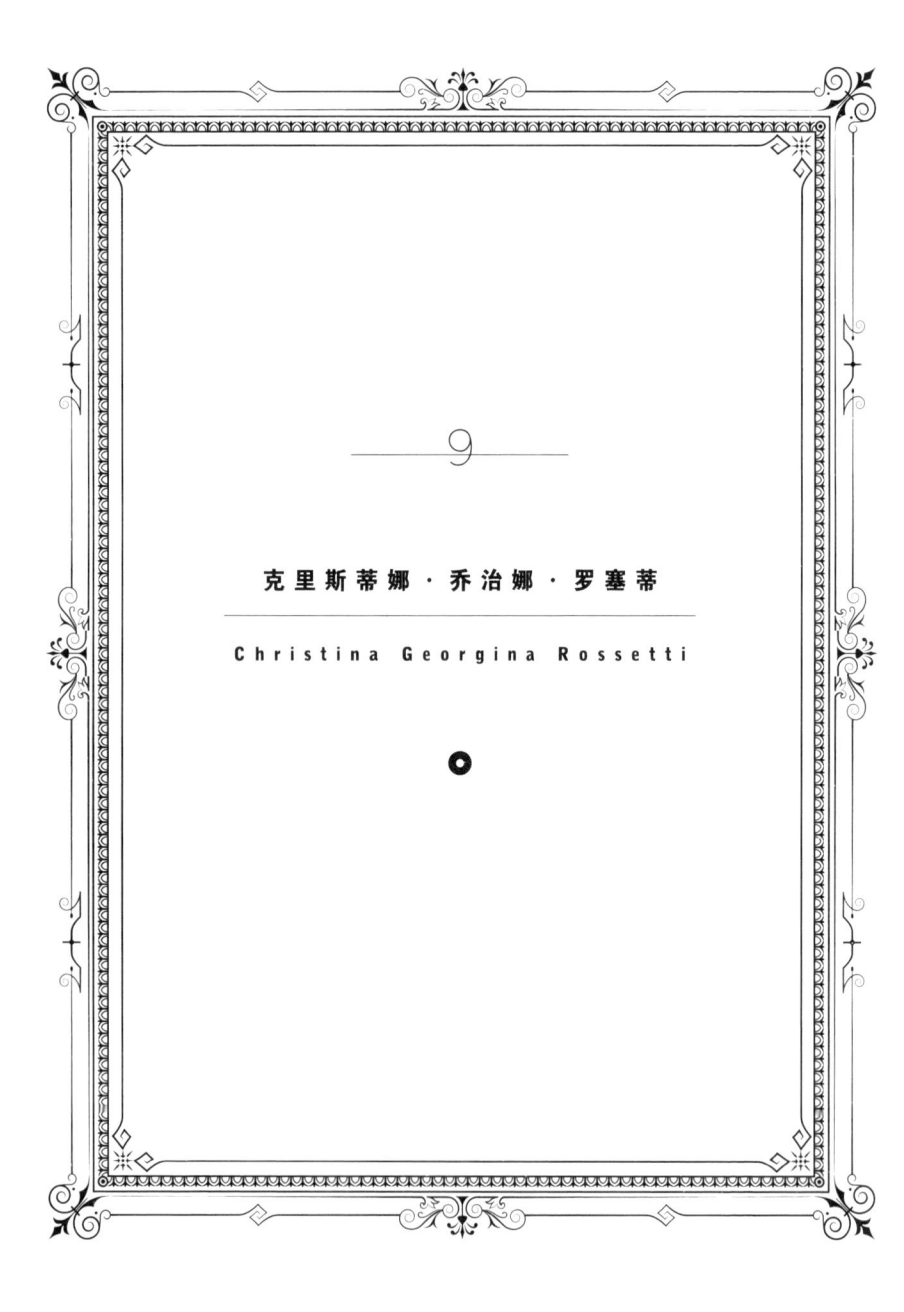

克里斯蒂娜·乔治娜·罗塞蒂

Christina Georgina Rossetti

歌

当我死了,亲爱的,
不要为我奏哀乐;
不要在我的坟头栽玫瑰,
也不要栽成荫的柏树;
只要种能盖着我的青草——
畅饮着雨水和露珠儿;
如果你愿意想起就想起我,
如果你愿意忘了就忘了我。

我再也看不到柏树成荫,
我再也感觉不到雨露的滋养;
我再也听不见夜莺歌唱着,
说出心中的忧伤;
我活在昏暗的梦里,
看不到日出日落。
也许我会记得你,
也许我已忘记你。

By Pierre Joseph Redoute

月季
Rosa Indica Sertulata

166

9

威廉·华兹华斯

William Wordsworth

她住在渺无人迹的小路旁

她住在渺无人迹的小路旁,
家安在鸽子溪边。
没有人赞颂她,
也没有人爱她。

她像株害羞的紫罗兰,
掩藏在披满青苔的岩石后面。
她的美丽如同一颗星星,
孤独地挂在天边一闪一闪。

她活着不为人知,
死时也无人知晓。
如今露西已躺在坟墓里,
我的世界再也不同往昔。

9

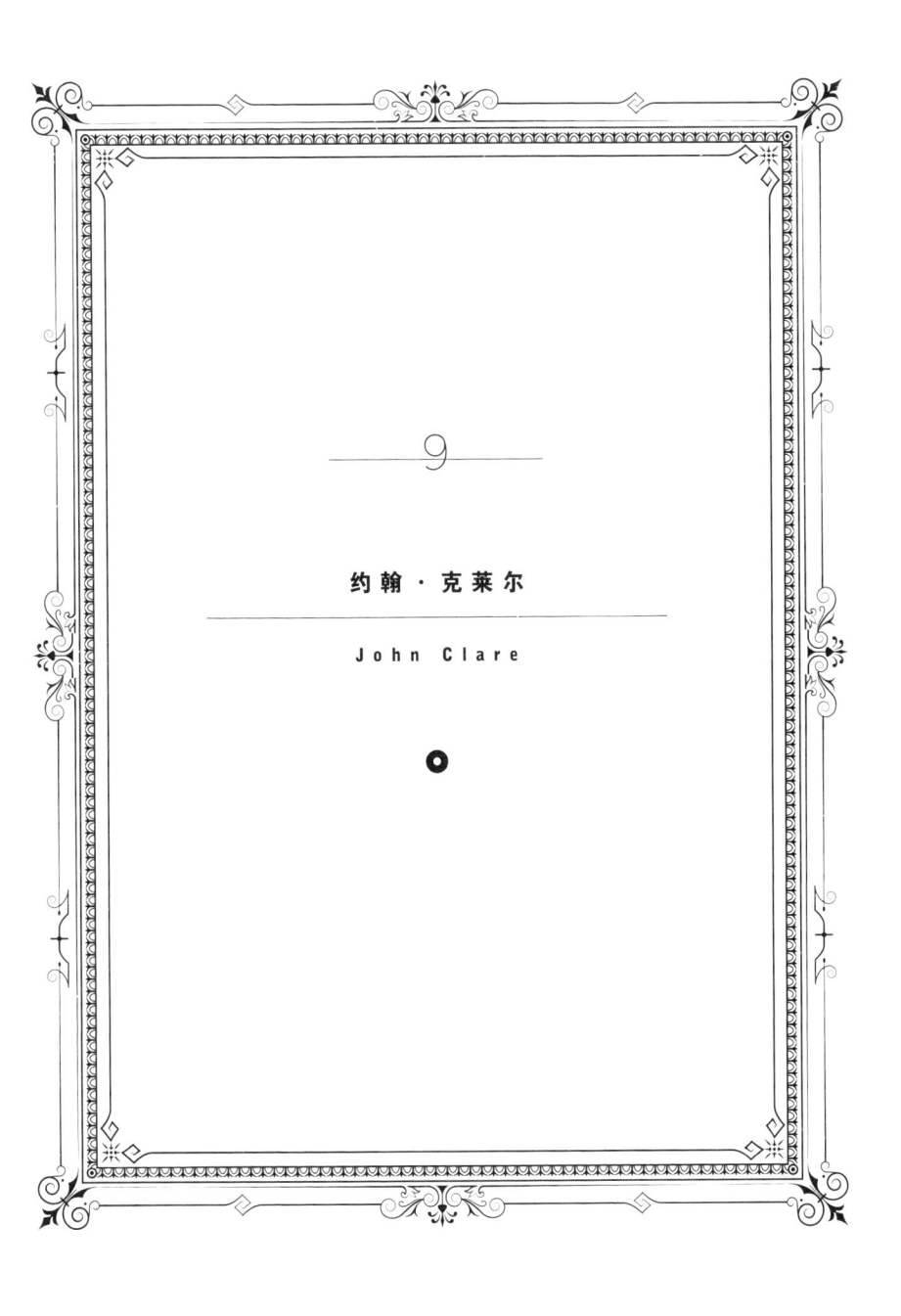

约翰·克莱尔

John Clare

我悄悄地走过

我向鸟儿倾诉,它们正在为明天欢唱,
百灵与麻雀在谷堆上嬉戏,
花鸡与红雀在灌木丛中啼鸣,
直到那柔软的风请求我安静下来;
于是我静静地幻想着
去偷吻我不愿说出名姓的姑娘;
但如果遇见她——我暗恋多年的姑娘,
我会带着依恋与泪水悄悄地走过。
是的,悄悄地走过一言不发,
甚至连脚步也听不见。
我不敢偷偷地瞄她一眼,
而后一个礼拜都在夙夜忧叹。

当在野外看花,我会在花里
看到她娇嫩的花和脸。
假如她此时走过,我会一言不发,
我们彼此沉默着各走各的路。
我会向鸟儿、微风和细雨诉说,
但我从未向我心爱的她倾诉过;
我向那漫山遍野的野花吐露过衷肠,
一朵是她,一朵是她的孩子;
幻想着向她表白心声。
但如果她真的来到,我又会陷入沉默;
如果足够勇敢,我会吻她,
可是当我走近她,一切都全军覆没。

By Pierre Joseph Redoute

大马士革玫瑰
Rosa Damascena

匈 牙 利 篇

Hungary

这个世界那么大,

亲爱的,

你却那么小;

但如果你是我的,

即便拿全世界来换,

我也不愿意!

10

裴多菲·山陀尔

Petőfi Sándor

By Pierre Joseph Redoute

红醋栗
Munakka

176

我走进厨房

我走进厨房,
手里拿着一支烟管……
谁说我去点火?
烟管在冒着烟呢。

烟管噼啪地响着燃烧,
不需要我点燃!
我走进厨房
一个美丽的女孩。

女孩架起干柴,
烧起熊熊的火焰,
比火苗更亮的,
是她的两只大眼睛!

我进去,她望着我,
她的美让我迷恋!
我沉睡的心燃烧着,
而我的烟管早已没了火。

我愿意是急流

我愿意是急流，
是山里的小河，
蜿蜒在崎岖的山路上，从岩石上翻过……
爱人哪，我愿你是一条小鱼，
在我的浪花中快乐地游弋。

我愿意是荒林，
站在河的两岸，
与一阵阵狂风，勇敢地战斗……
爱人哪，我愿你是一只小鸟，
在我的稠密的枝间筑巢，嘤咛。

我愿意是废墟，
在陡峭的岩上，
这沉默的毁灭并不能使我懊丧……

爱人哪，我愿你是青色的常春藤，
沿着我荒凉的额头，亲密地爬升。

我愿意是草房子，
在深深的谷底，
草房的顶上，饱受风雨摧残……
爱人哪，我愿你是可爱的火焰，
在我的炉子里，慢慢地闪着火苗。

我愿意是云朵，
是灰色的破旗，
在广袤的空中，慵懒地飘来飘去，
爱人哪，我愿你是珊瑚样的夕阳，
傍着我苍白的脸，显出鲜艳的光。

这个世界那么大

这个世界那么大,
亲爱的,你却那么小;
但如果你是我的,
即便拿全世界来换,我也不愿意!
你是太阳,我则是黑夜,
——充满了无尽的黑暗;
但如果我们的心彼此交融,
美丽的光芒就会照在我的头顶!
但请不要看我,把你的眼睛垂下——
那样我的魂魄将被烧成灰烬。
可是,既然你并不爱我——
那就让这卑微的灵魂化成灰烬吧!

阿 根 廷 篇

Argentina

～～～～

倘若我敢看

也敢说

是因为她的影子

如此柔软地

与我的名字相连

～～～～

By Pierre Joseph Redouté

法国蔷薇
Rosa Gallica

11

阿莱杭德娜·皮扎尼克

Alejandra Pizarnik

她缺席的意义

赵莫聪 译

倘若我敢看
也敢说
是因为她的影子
如此柔软地
与我的名字相连
在远方
在雨下
在我的记忆中
因为她的容颜
在我的诗里燃烧
优美地散出
香气
似那消逝的挚爱容颜

你的声音

赵莫聪 译

在我的笔下埋伏
你在我的诗中歌唱。
被石化在我记忆中的
你的甜美声音俘获。
追紧逃亡的飞鸟。
纹入缺席的空气。
为让我永不清醒而
与我共同搏动的时钟。

智 利 篇

Chile

～～～～

我要对你做，
春天对樱桃树做的事

～～～～

12

巴勃罗·聂鲁达

Pablo Neruda

By Pierre Joseph Redoute

酸樱桃（别名：车厘子、樱珠）
Cerasus Domestica

你每日与宇宙的光嬉戏

赵莫聪 译

你每日与宇宙的光嬉戏。
轻柔的到访者,你乘花踏水而来。
你胜过我日日如簇紧握于手的
这只小小白色花朵。

你与所有人相异,因为我爱你。
许我把你放在黄色的花环之间。
谁用烟尘的文字把你的名字写入南方的群星?
啊,让我帮你记起,往昔你尚未存在时的模样。

忽而大风嚎鸣,吹打我闭锁的窗。
天空是网,捕满暗影的鱼。
所有的,所有的风都在这里吹起。
雨脱去衣裳。

飞鸟逃亡而过。
风。风。
我只能与人的力量相抗。
暴风雨卷起黑色的叶,
松开所有昨夜停泊于天空的船。

你在这里。啊,你没有逃离。
你将回应我,直至最后一声呼喊。
请蜷缩在我身畔,如心有恐惧一般。
但曾几何时,你的眼中一度掠过奇异的阴影。

如今,如今也一样,小家伙,你为我带来忍冬花,
香气甚而溢上你的胸脯。
当驰骋的悲风杀戮蝶群,
我爱你,我的欢愉咬住你李子般的嘴。

要适应我、我孤独而狂野的灵魂、
我为众人所厌弃的名字,你该是多么痛苦。
多少次我们见到明星燃烧,亲吻着我们的双眼,
见到黄昏在我们头顶延展作旋转的折扇。

我的话语如雨落在你的身上,轻抚着你。
长久以来,我爱你阳光下珠母般的身躯。
我甚而相信你是宇宙的主人。
我从山中为你捎来欢乐的花、红色风铃草、
深黑色的榛子与一篮篮野性的吻。

我要对你做
春天对樱桃树做的事。

我喜爱缄默的你

赵莫聪 译

我喜爱缄默的你,因你仿若不在这里,
仿若你在远方倾听我,而我的声音触不到你。
似乎你的双眼已经飞走。
似乎有吻封锁你的嘴唇。

既然万物都充满我的灵魂,
你自万物中浮现,便也充满我的魂灵。
梦的蝴蝶,你宛如我的灵魂,
你宛如"忧伤"这个词语。

我喜爱缄默的你,而你仿若已然远去。
仿若你正说出怨言,如蝴蝶的细语。
而你在远方倾听我,而我的声音追不上你:
让我借你的无言令自己缄默。

也让我借你的无言对你言说。
你的无言明亮如灯盏,简单如指环。
你仿若夜,缄默而多星。
你的无言属于星,如此遥远而简明。

我喜爱缄默的你,因你仿若不在这里。
遥远而令人痛苦,一如你已死去。
那么,一个词语,一个微笑就够了。
我就会感到欢喜,因这不是真的而欢喜。

我在这里爱你

赵莫聪 译

我在这里爱你。
漆黑的松林中,风解风的织线。
漫流的水面上,月纵磷火荧荧。
日子相似,彼此追随着行进。

雾气散作舞动的身影。
一只银海鸥自夕阳坠落。
时而有一片帆。高远的,高远的群星。

也或一只船上的黑十字架。
孤独的。
我时而于清晨醒来,灵魂甚至依然潮湿。
遥远的大海鸣响、回响。
这是一处港口。
我在这里爱你。

我在这里爱你而地平线徒劳地遮掩你。
在这冰冷的物象之中我依然爱你。
我的吻时而乘上那些沉重的船只,
船只出海,驶向不会到达的领域。

我自视如这些旧锚,已遭人遗忘。
暮色停靠之时,码头更为悲伤。
我的生活徒然受饿,渐已疲倦。
我爱我所没有的。你是那么遥远。

我的倦怠与迟滞的黄昏搏斗。
然而夜晚降临,并开始对我歌唱。
月亮转起她梦的齿轮。

最大的星星们以你的双眼望向我。
因为我爱你,风中的松木,
也愿以他们的铁丝之叶唱出你的名。

By Pierre Joseph Redoute

白茶
Camelia Blanc

198

秘 鲁 篇

Peru

你的心在我悲哀的身体里休憩。
在你灵魂的花冠上
盛开了柏拉图的雄蕊。

13

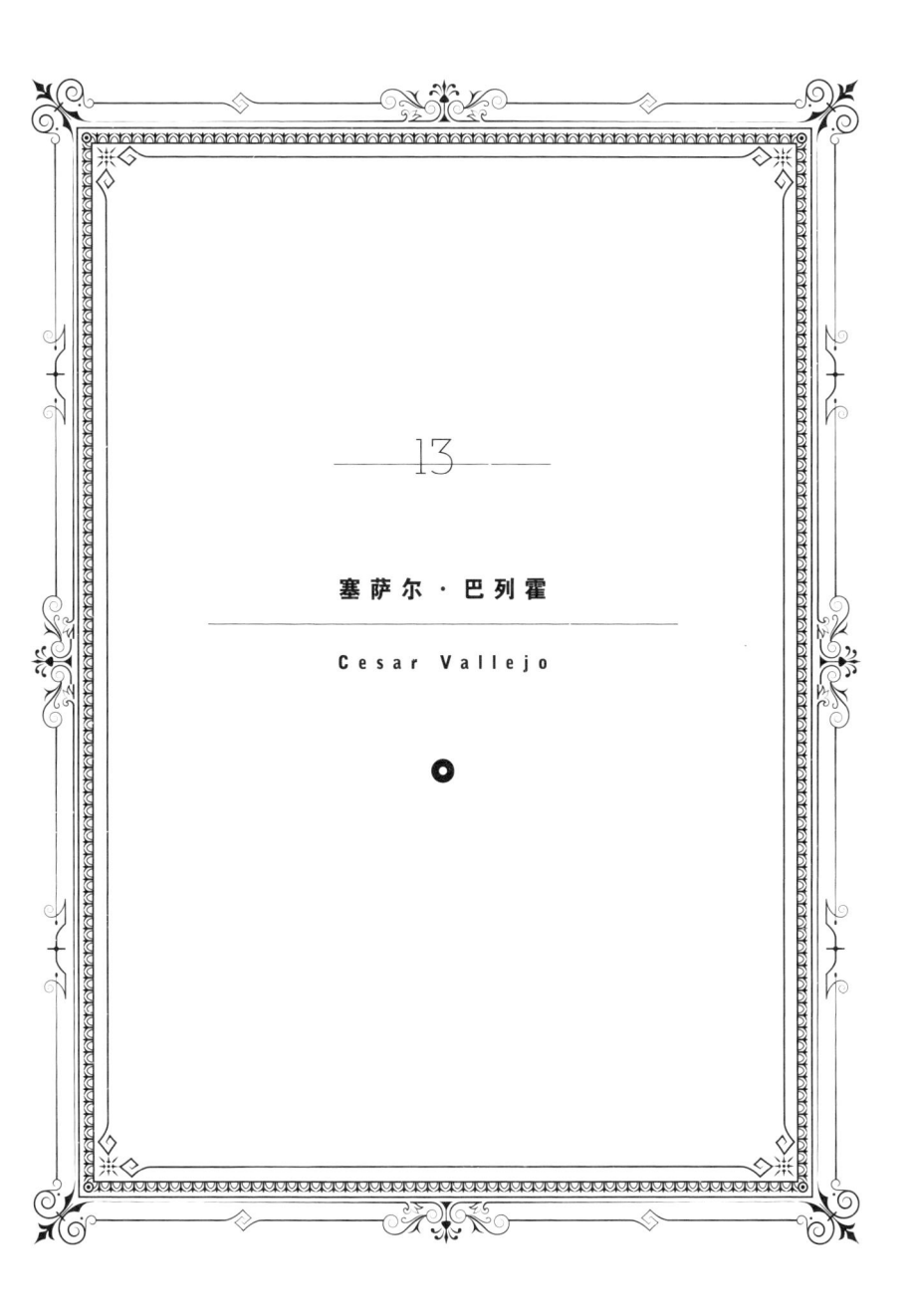

塞萨尔·巴列霍

Cesar Vallejo

信 任

信任望远镜,不信任眼睛;
信任楼梯,不信任台阶;
信任翅膀,不信任鸟类;
但信任你,信任你,只信任你。

信任恶意,不信任恶人;
信任酒杯,不信任酒;
信任尸体,不信任人;
但信任你,信任你,只信任你。

信任人群,不信任某个人;
信任河床,不信任河流;
信任裤子,不信任腿;
但信任你,信任你,只信任你。

信任窗,不信任门;
信任母亲,不信任九月怀胎;
信任命运,不信任黄金的骰子;
但信任你,信任你,只信任你。

逝去的恋歌

现在,我温柔的安第斯山姑娘丽达
像水仙花和灯笼果一样的她,在做什么?
君士坦丁堡令我窒息,
昏睡的血液,像我心中劣质的白兰地。

现在,她的双手会在哪里?
它们将把傍晚降临的洁白熨烫,
正在落下的雨
让我失去生的乐趣。

她那蓝丝绒的裙子将会怎样?
还有——她的步履,她的勤劳,
她那里五月的甘蔗是否已芬芳?

她会在门口把一朵彩云眺望,
最后她会颤抖着说:"天啊!真冷!
一只野鸟在瓦楞上忧伤地啜泣。"

禁锢的爱

从嘴唇和阴影中的眼光里
你星星一样浮现了出来!
我从你的脉络中渐渐浮出,
像一只受伤的狗
在安静的街道四处寻觅着一个避难所。

在世界上,爱情,你是灾难!
我的吻是撒旦弓上的箭;
我的吻是圣教徒。

灵魂是占星术——
在亵渎中保持着纯洁!

熏陶大脑的心脏!——

你的心在我悲哀的身体里休憩。
在你灵魂的花冠上
盛开了柏拉图的雄蕊。

是邪恶在静静地忏悔吗?
你偶尔听见过他的声音吗?
天真的花朵!
你不知道这不是咒语,
爱情就是犯罪的耶稣。

By Pierre Joseph Redouté

重瓣五月玫瑰
Rosa Cinnamomea Maialis

206

日 本 篇
J a p a n

从前见过的人啊,
现在隔着山漠不相关了。

14

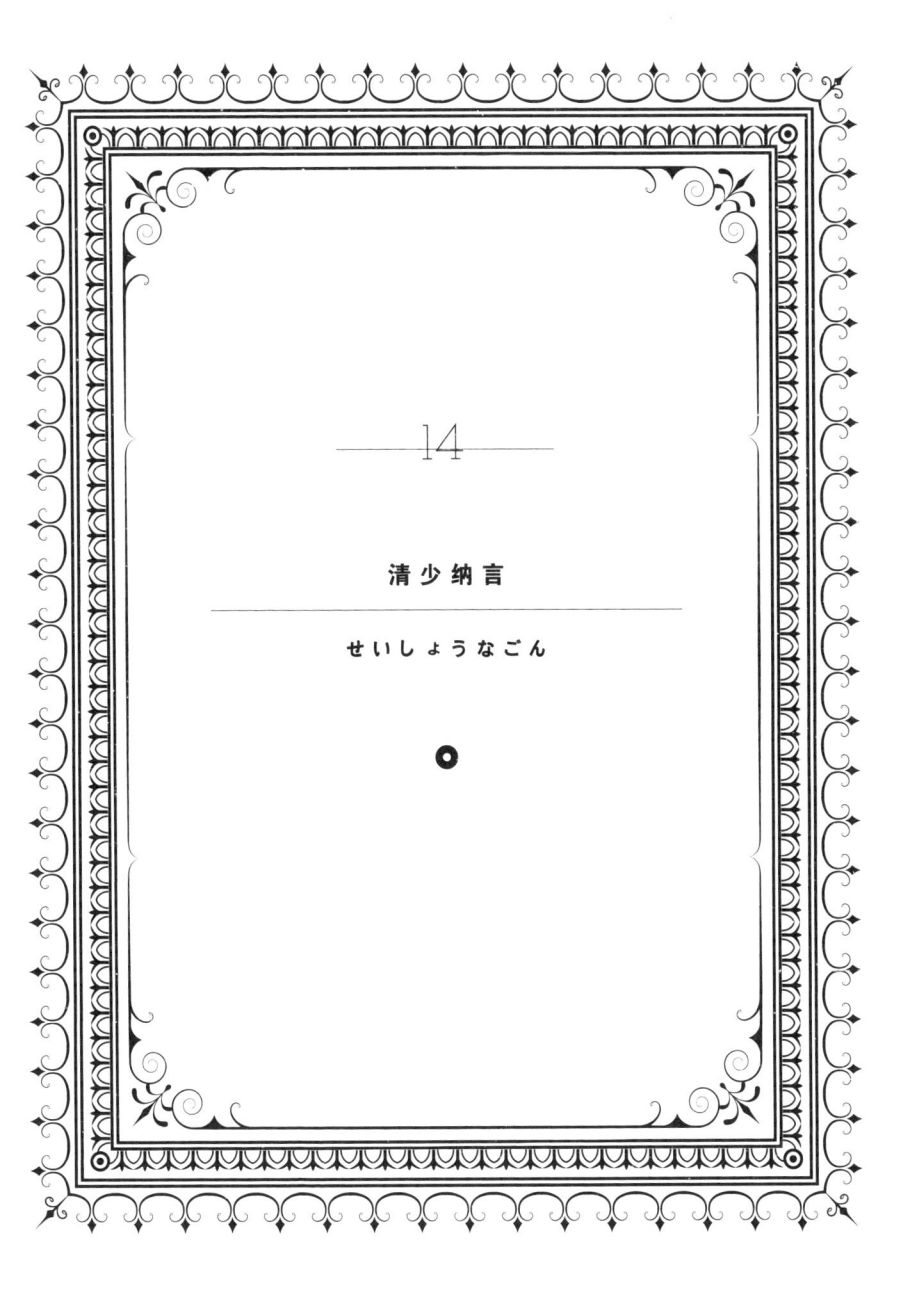

清少纳言

せいしょうなごん

山

伊吹山。
朝仓山。
从前见过的人啊,
现在隔着山漠不相关了。

14

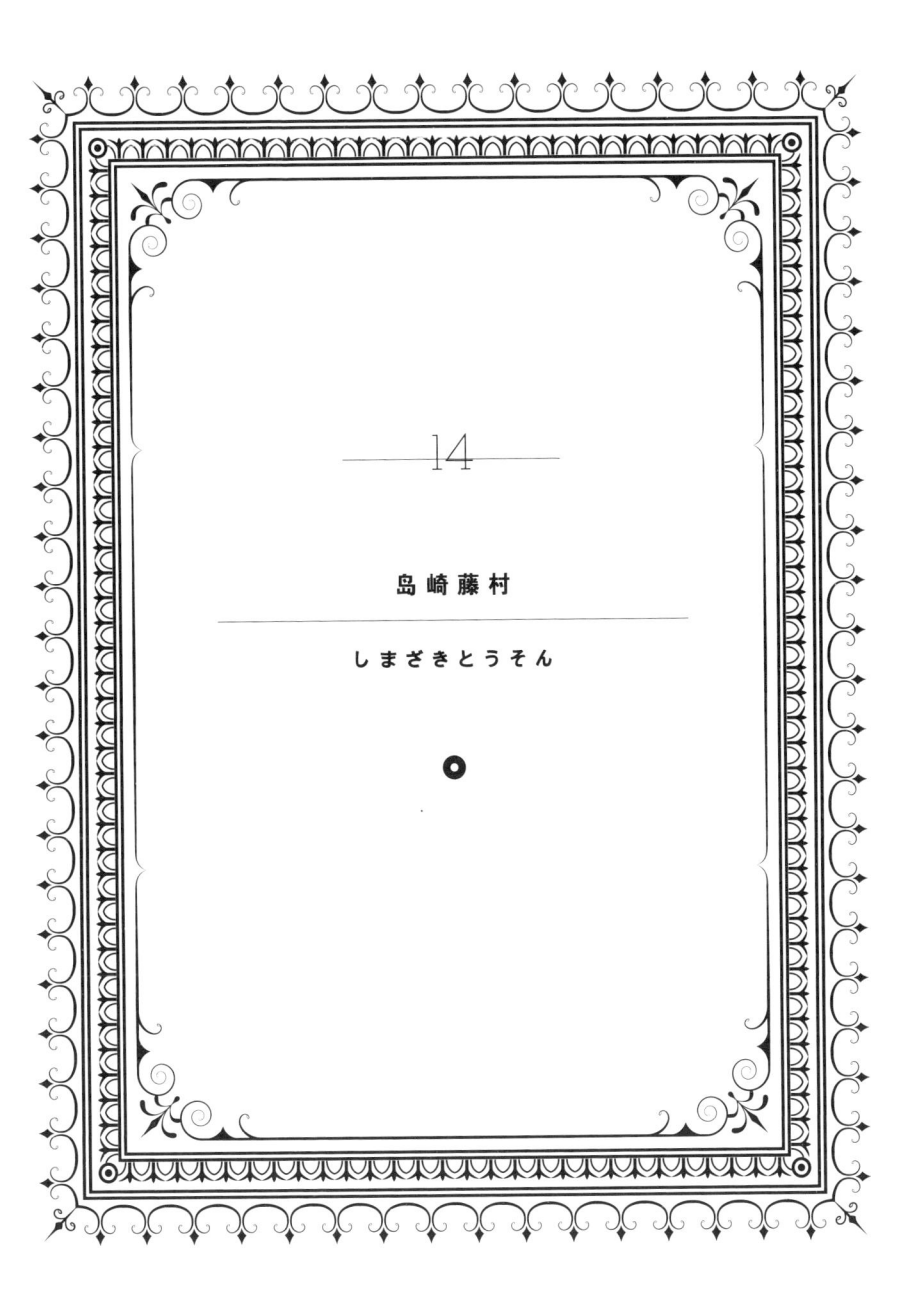

岛崎藤村

しまざきとうそん

在我心灵深处

伊达 译

在我心灵深处
有个无法宣之于口的秘密
我已成为鲜活的祭品
除你之外再无人知

如果我是一只鸟
就在你居所的窗前盘旋
终日挥动着双翼
把心底的声音唱给你

如果我是一支梭
就随你洁白的双手牵引
把春日绵长的思念
同丝线编织在一起

如果我是一片草
就在田野里静候你的步履
一边飘摇着一边微笑
只为触碰你的足底

我的叹息溢满衾被
我的忧愁浸透枕头
在被晨鸟唤醒之前
床铺已被泪水湿透

唇边纵有千言万语
这份心意如何倾述
唯有炽热的心灵深处
一支琴曲传达给你

初恋

伊达 译

那时你的额发才初次拢起
当我在苹果树下与你相遇
鬓上簪着饰花的彩梳
你在我眼中亦如花般娇美

你温柔地伸出白皙的手
将苹果相递予
这淡红的秋实
恰如我心中初萌的爱恋

我恍然如梦的轻叹
拂动了你的一缕青丝
这杯中满斟欢愉的佳酿
是你予我的绵绵情意

在苹果园的林荫之下
那条自然而成的小路蜿蜒
是谁将这蹊径踏出？
你的轻问让我牵念不已

希 腊 篇

Greece

～～～～～～

　　　我的唇说不出话，
　　　　我的舌头打结，
我的皮肤突然蹿起一股奇异的火。

～～～～～～

15

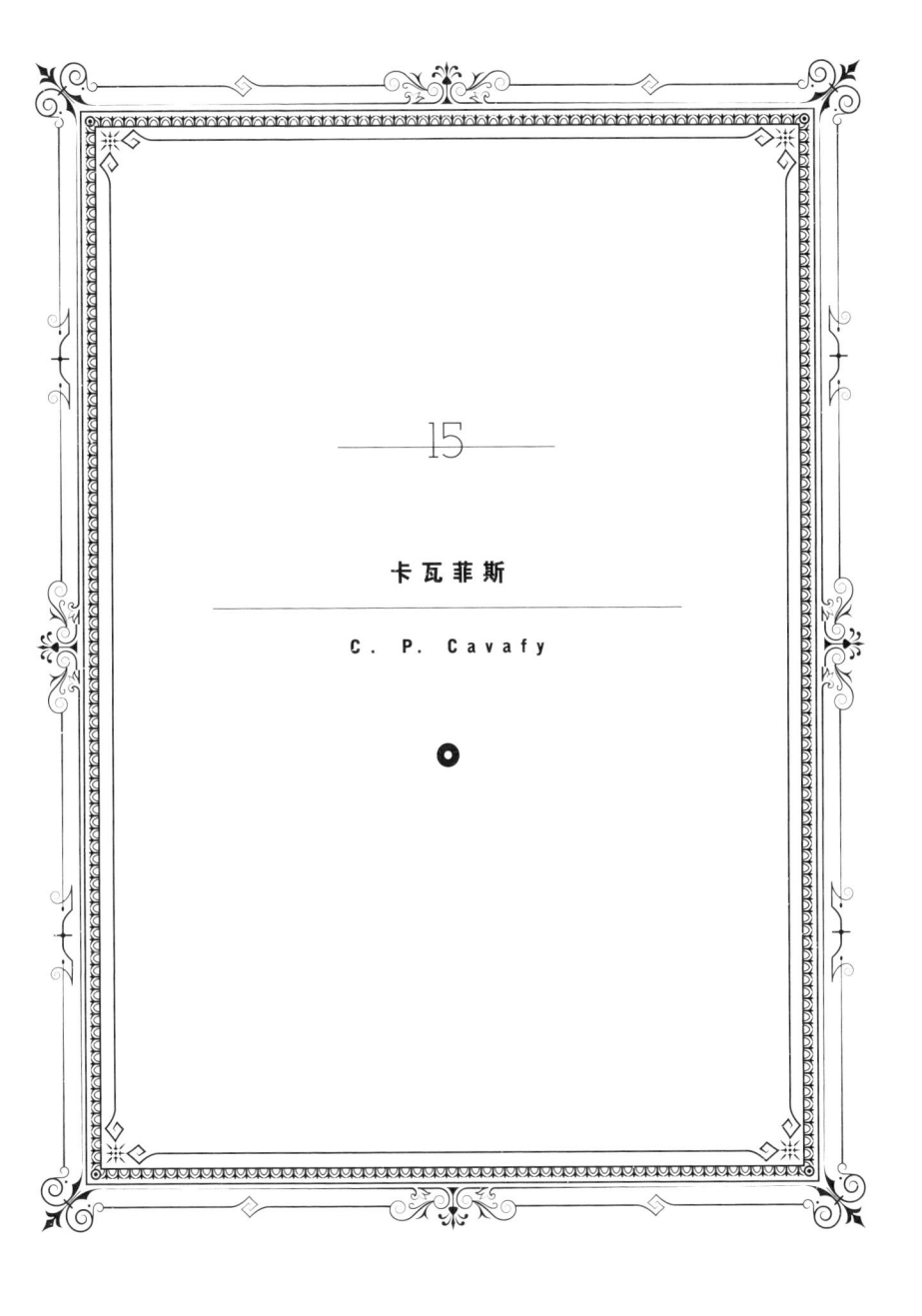

卡瓦菲斯

C. P. Cavafy

By Pierre Joseph Redoute

覆盘子（别名：覆盆莓）
Framboisier

1903年12月

即使我不能提及我的爱——
即使我不能提起你的头发、你的嘴唇、你的眼睛,
不能提起你保存在我心中的脸庞,
不能提及你保存在我脑中的声音,
以及在我梦中升起的九月的日子,
仍然给我的词语、我的句子以你的形状和色彩,
无论我触及什么题材,表达什么思想。

在时间改变他们之前

他们分手时充满悲伤。
他们并不想那样:可是迫于环境。
为了生计,他们不得不
去很远的地方,加拿大或者纽约。
他们感到他们的爱已不再是他们曾经有过的爱;
他们彼此的吸引力在慢慢减弱,
吸引力已大大不如从前。
但分手却不是他们希望的事。
完全是环境使然。也许命运
像一个突然出现的艺术家,趁他们的感情
还没有完全丧失,在时间改变他们之前把他们分开:
这样在另一个人眼里他就会永远是他当初的样子,
那个赏心悦目的二十四岁青年。

朋友,当我在恋爱

我充满抒情地幻想,
虽然它是骗人的,
但它提供给我活泼
而又温暖的快乐。

那个庸俗的姑娘
虽然穿成那个样子,
但我向你发誓,第一眼看见
我觉得像丝绸。

两只粗劣的臂镯
环绕在她双臂上,
在我看来它们是
最高贵的珠宝。
即使是雄辩家或圣人的机智——
现在,也不能说服我。
他们哪能及得上
她那时的一次点头。

By Pierre Joseph Redouté

喇叭百合
Gladiolus Laccatus

15

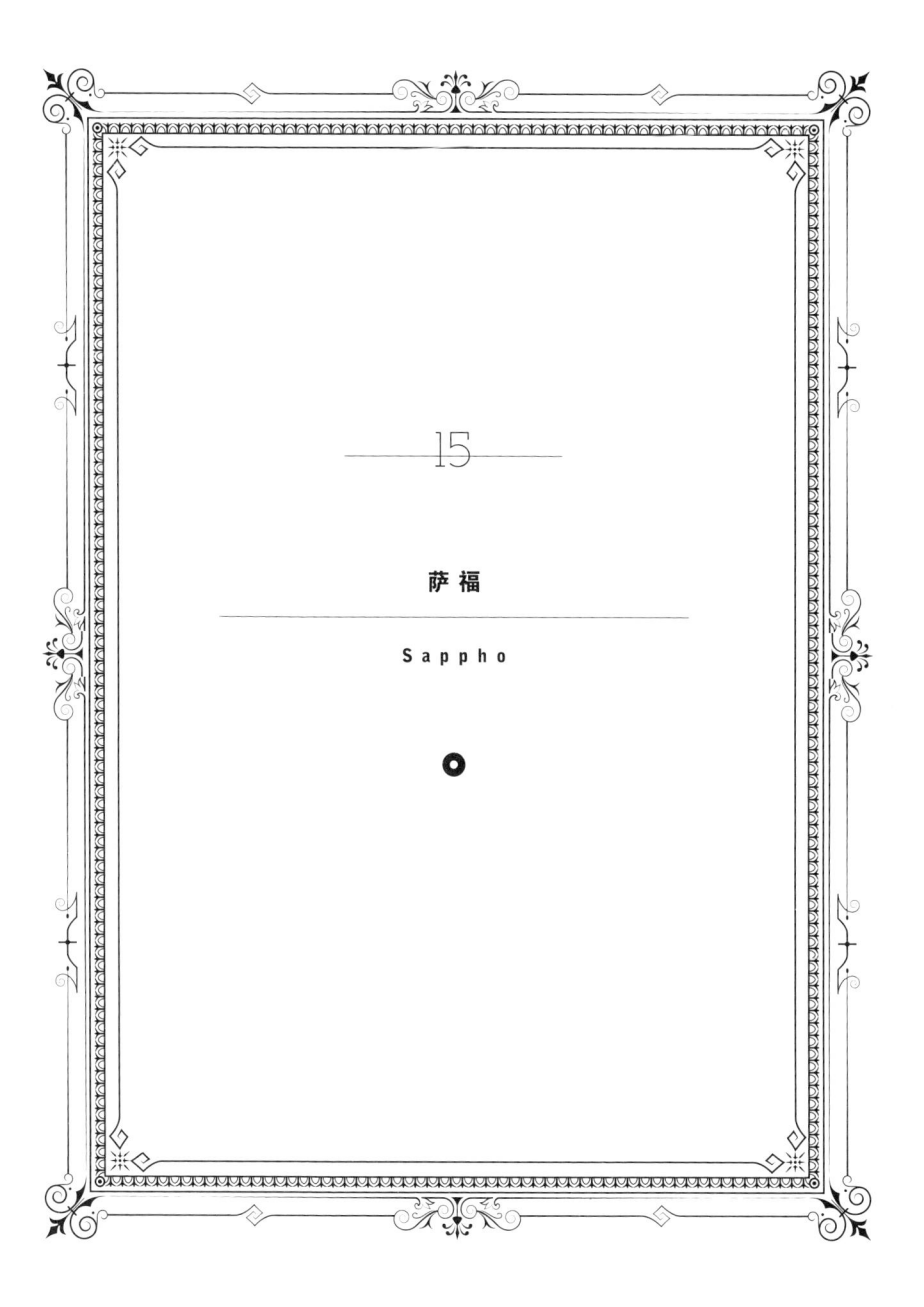

萨福

Sappho

没听她说一个字

坦白地说,我宁愿死去
当她离开,她一直哭

一直哭;她对我说:
这次分开,是注定的,
萨福。我只能走,虽非自愿

我说:去吧,高高兴兴地去吧
但你要记住(你肯定知道)
和你分开的人还戴着爱的镣铐

如果你忘记了我,就想一想
我们曾献给阿弗洛狄忒的礼物

和我们曾一起分享的甜蜜

那所有紫罗兰色的头饰
那些曾围绕在你青春头上的
玫瑰花蕾、莳萝和番红花

芬芳的没药花撒在你的头上
以及柔软的垫子上，少女们
和她们喜欢的人在一起

如果没有我们的声音
就没有合唱，如果没有
歌唱，就没有繁花盛开的森林。

给安娜多丽雅

我觉得谁要是
能和你面对面地坐在一起,
谁就幸福如天上的神祇。
听你说话是多么令人欢喜陶醉:
你的笑让我的心
在我胸口跳动不安,
当我看到你,波洛赫,
我的唇说不出话,
我的舌头打结,
我的皮肤突然蹿起一股奇异的火,
我的眼看不见东西,
我的耳朵塞满了噪声。
我汗涔涔的,浑身战栗,
我的脸色变得苍白,比草还要无力,
我觉得我快要死了。

挪 威 篇

Norway

～～～～～

永远不要忘记她，
那个或许是
用她的一生
等待与你相遇的人。

～～～～～

By Pierre Joseph Redouté

丁香
Lilas

16

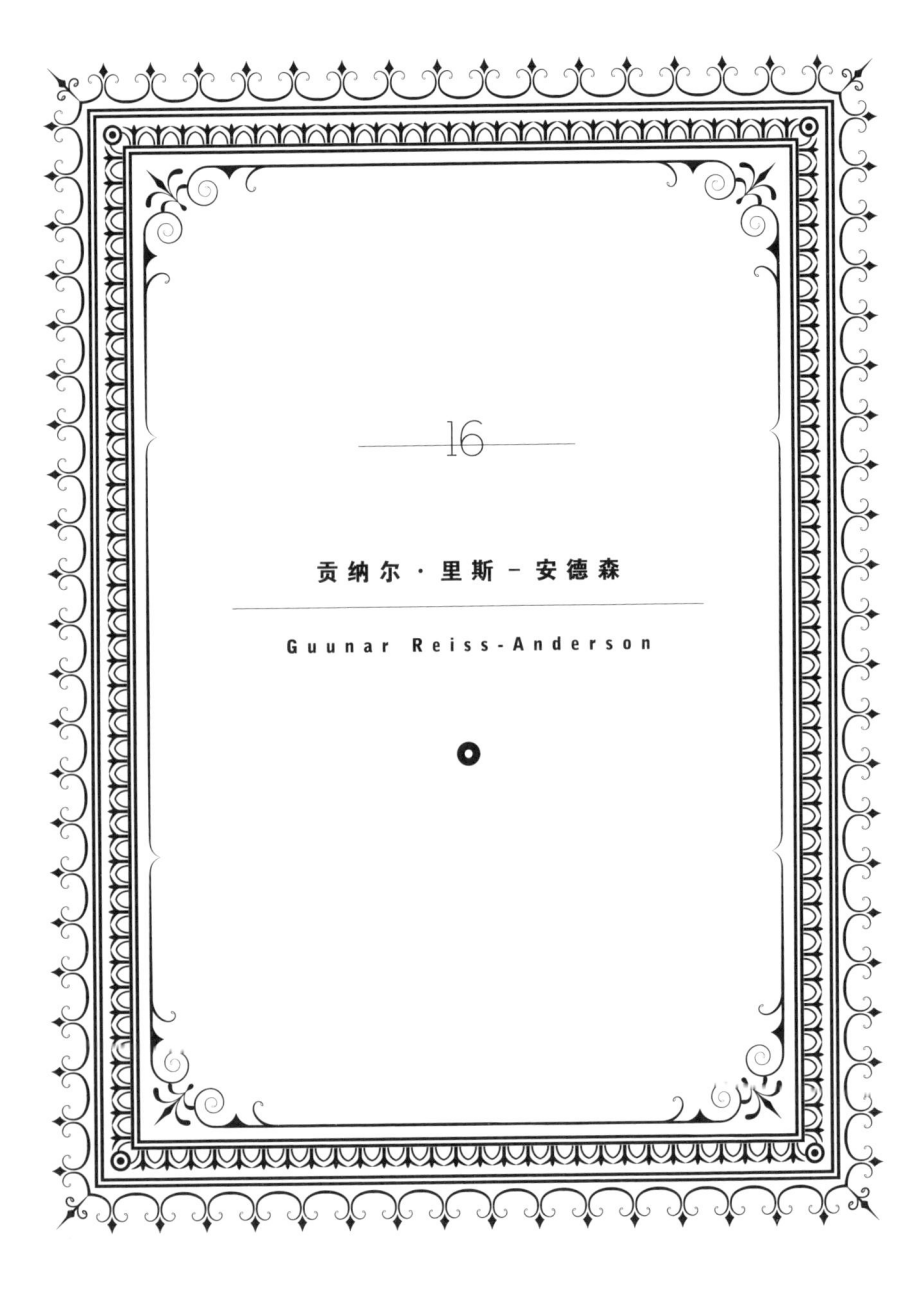

贡纳尔·里斯-安德森

Guunar Reiss-Anderson

致 心 灵

千万别忘记她,
虽然你们从未相遇——
也许在死后
她会与你相遇。

永远不要忘记她,
那个或许是
用她的一生
等待与你相遇的人。

永远不要忘记她,
那个你所思慕的人。
永远不要忘记她,
她是你的爱人。

永远不要忘记她——
因为在爱你的人当中,
只有她
才是你所爱。

By Pierre Joseph Redouté

风信子（别名：西洋水仙）
Jacinthe D'orient Variete Rose

232

德 国 篇
Germany

通过你，

我走近我自己。

我存在的缘因是：

你——你在这里。

17

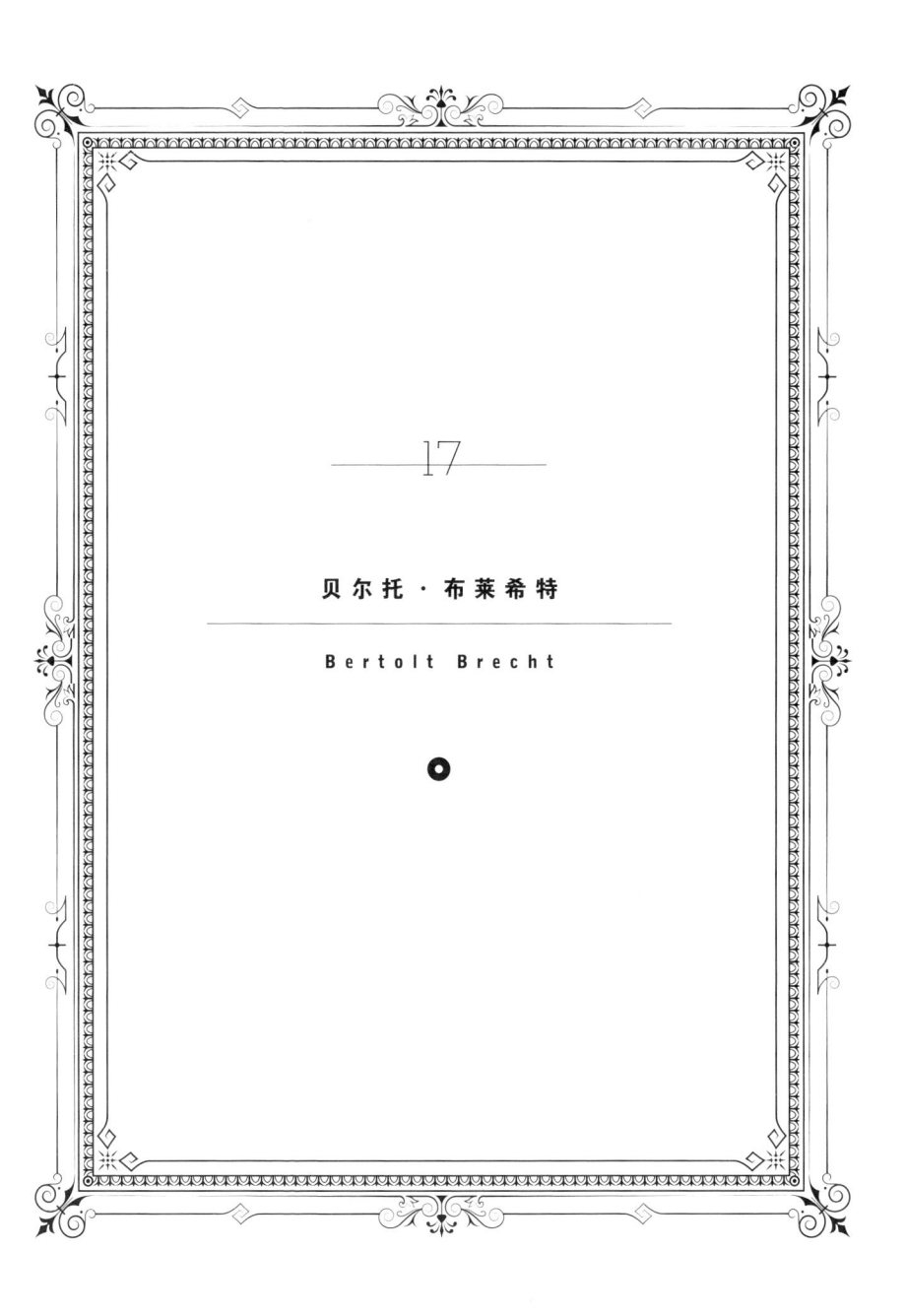

贝尔托·布莱希特

Bertolt Brecht

纪念玛丽 A

一

从前,蓝色的九月。
有一次我们在一株李子树下相逢,
我把她——我苍白寡言的年轻情人,
拥抱在怀里。她像一个温柔的梦。
我们头顶上是明朗的夏空,
浮着一朵云,我看见它在徘徊着。
那高高在我们头顶上最白的云,
我接着再抬头望,已经看不到它的影子了。

二

唉,从那天以后,有好多好多次月亮
游过天空,空留下沉默?
李树也许已经被砍掉,
如果你问起我的爱在哪里,
我要对你说:嗯,不,我已记不清楚了,
但我知道——知道你想说什么。
我甚至已记不清她长什么样子,
虽然我知道那天我吻过她的脸颊。

三

如果不是碰巧浮过那朵白云,
我也许早已忘记那一吻。
我记得它,我要永远记住:
那朵自天外浮来的最白的云。
不管怎样李树都会开花,
女人会生她的第七个孩子,
那朵云只是昙花一现,
当我再望时它已消逝在风中。

By Pierre Joseph Redouté

旱金莲（别名：金莲花、大红雀）
Tropaeolum Majus

17

约翰内斯·R.贝歇尔

Johannes R. Becher

奇 迹

说吧，发生了怎样的奇迹？

我可以用你的眼睛看，
用你的脚走路，
你没说出的我都懂，
你的话如拂过的清风……

如果你存在，我就存在——

说吧，关于我发生了怎样的奇迹？

发生的正是这样一个奇迹：

通过你，我走近我自己。
我存在的缘因是：你——你在这里。

17

约翰·沃尔夫冈·冯·歌德

Johann Wolfgang von Goethe

致 莉 娜

爱人啊,这些诗
终究会再送到你手中。
在钢琴前坐下吧,
你的友人也曾在这儿停留。

让琴弦发出铿锵的声响,
然后把目光投进诗集;
只是别读它!要不断地吟唱!
它的每一页都为你而写。

唉,白纸黑字,这书里的歌
望着我,神情忧郁,
从你口里唱出来的歌,它们
更神圣,更沁人心脾。

爱人的近旁

我思念你,当太阳从大海冉冉升起;
我思念你,当月亮在水中晃着彩笔。

我看到你,当大路的远方扬起灰;
当深夜漫游者在山间小路冻得打哆嗦。

我听见你,当大海咆哮着掀起巨浪,
当我在阒寂的园子里聆听万物静默。

我和你在一起,即使你在很远的地方,
现在夕阳落下去了,很快星星将照着我。
唉,如果你也在这里那该多好!

西 班 牙 篇
Spain

月光下你黑色的睫毛，
像一千匹沉睡的波斯小马。

18

胡安·拉蒙·希梅内斯

Juan Ramón Jiménez

你与我之间

你我的爱情纯洁。冷静。
稀薄得像透明的空气,
像清澈的流水
在天上月和水中月之间流徊。

18

路易斯·塞尔努达

Luis Cernuda

死去的不是爱情

死去的并不是爱情，
而是我们自身。

在欲望里，我们泯灭了最初的单纯
在另一种忘记里我们忘记自己，
树枝纠缠在一起
为什么要活着？既然有一天终会死去。

只有看着的人活着
他的眼睛总能看见面前属于他的黎明，
只有吻着的人活着
他能吻到那具被爱高高举起的天使的身躯。

痛苦的鬼魂，

在远方，那些人，
那些失去爱情的人，
像梦中的记忆，
在坟墓间来回穿梭，
抱紧另一种虚空。

在那里来来往往或者呜咽，
站着的死人以及墓石之下的生命，
用徒劳的温柔。抓破影子。
捶打着，无能为力。

不，死去的并不是爱情。

18

费德里科·加西亚·洛尔迦

Federico Garcia Lorca

无常的爱

没人知道，你腹下的黑木兰
散发出一种叫永远的香水。
没人知道，你唇齿间
蛰伏着爱情的蜂鸟。

月光下你黑色的睫毛，
像一千匹沉睡的波斯小马。
一连四个晚上我紧紧搂住
你融化千万积雪的腰身。

茉莉花在斑驳的断壁前怒放，
你短短的一瞥就让我心的种子发芽。
我按着胸脯向你献出情书，
象牙白的纸上写着：永远。

永远。你是我永远痛苦的花园，
永远让我捉摸不定。
我嘴里吮吸着你的鲜血，
你的双唇黯淡得像死亡的原野。

By Pierre Joseph Redouté

蛇目菊（别名：小波斯菊、金钱菊、孔雀菊）
Corcopsis Elegant

葡 萄 牙 篇

Portugal

我对她的爱太满,
以致竟不知如何去爱她。
在见不着她时,
我就用想象凝视她,
我的坚强有如高大之树木。

19

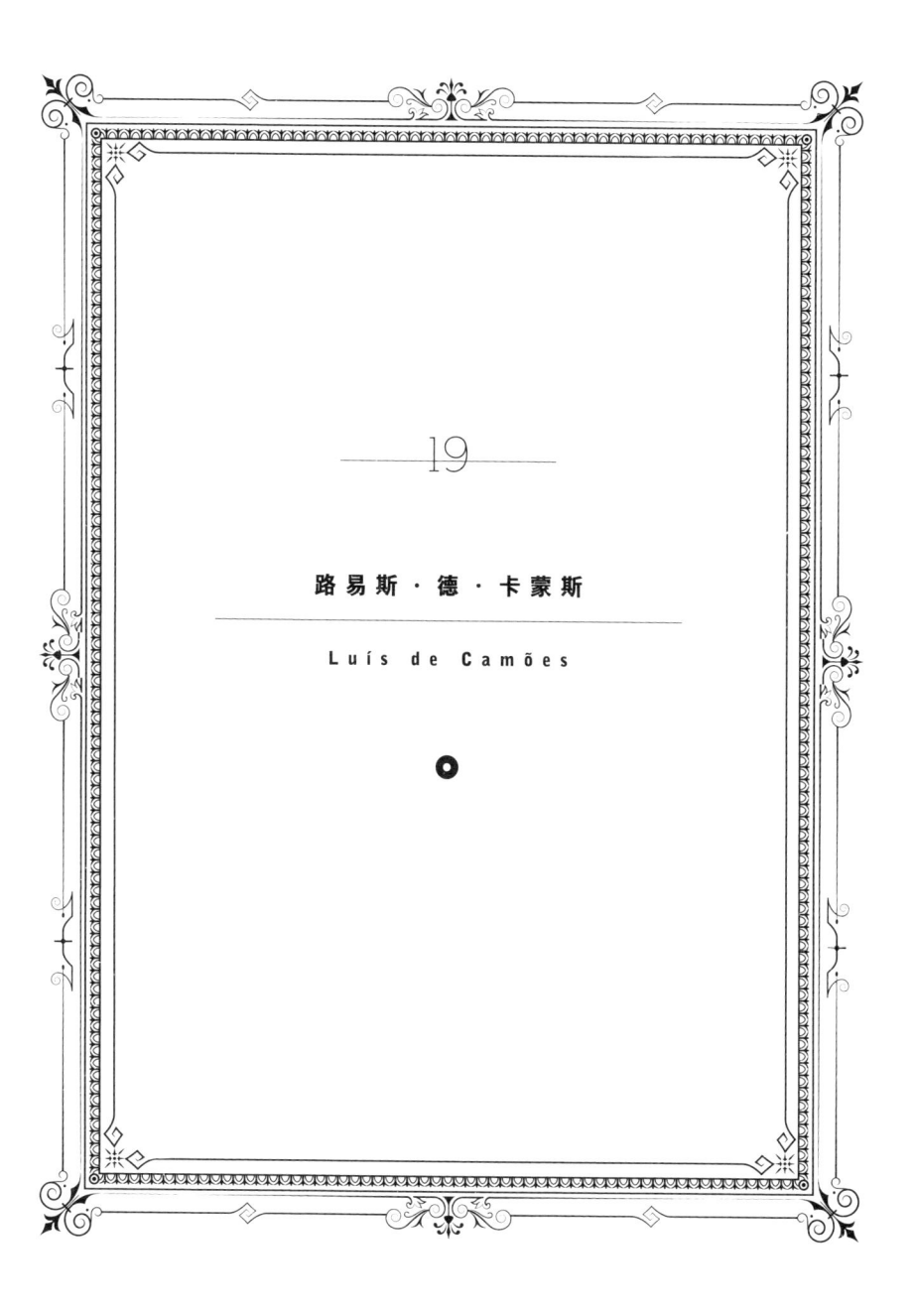

路易斯・德・卡蒙斯

Luís de Camões

我的心和我的一切

我的心和我的一切
你都可以拿去
只求你留下我的双眼
——让我能看到你

在我的身上
没有什么不被你征服
你掠夺了它的诞生
也驱走了它的死亡

如果我必须舍弃什么
我愿意你都带走
只求你给我留下一双眼睛
——让我能看到你

By Pierre Joseph Redoute

维吉尼亚玫瑰
Rose Lucida

19

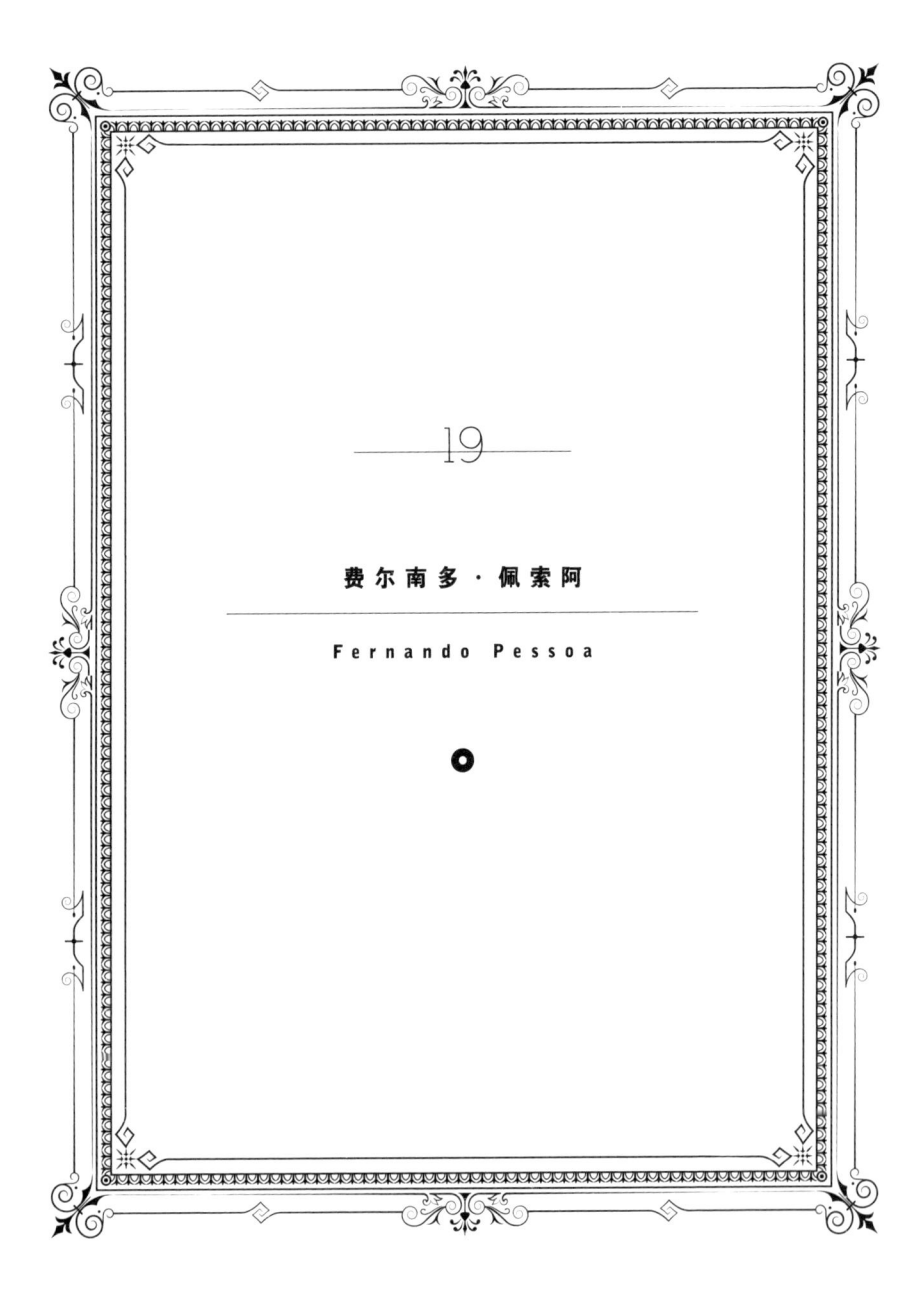

费尔南多·佩索阿

Fernando Pessoa

爱 是 陪 伴

爱是陪伴。
我不知道是否还能独自上路,
因为我已不能一个人行走。
唯有思想能够让我到达更远的地方。
我能看到的也越来越少,或许这样能看得更加深入吧。
她不在我身旁时——是她对我的另一种陪伴。
我对她的爱太满,以致竟不知如何去爱她。
在见不着她时,我就用想象凝视她,我的坚强有如高大之树木。
但只要她在,我立刻颤抖,抛弃她不在时的一切想法。
我拥有的就是我舍弃的。
所有的事物看向我,如一株向日葵,用它突兀的圆脸。

By Pierre Joseph Redouté

波索特玫瑰
Rosa Inermis

262

古 埃 及 篇

Ancient Egypt

～～～～～

她用燃烧的烙印灼烧我，
这小母牛一样的女孩呵，
她的大腿常常蹿出火苗。

～～～～～

20

无名氏

出自《新王朝时期的情歌》

Anonymous

手拿套索的爱人

我手拿套索的爱人,
她多么聪明!
她不稀罕驯服公牛。
她将绳子从空中抛下落到我跟前,
她的双眼穿过黑夜般的长发,
拉过我,把我摔倒在她蜷曲的大腿里。
她用燃烧的烙印灼烧我,
这小母牛一样的女孩呵,
她的大腿常常蹿出火苗。

我的心记得

我的心记得,那时我们多么相爱,
那时我的长发还没有挽起,
当我坐在你旁边。
当我奔出门,追着你的脚后跟,
我黑发如风。

如果我还能回来,我就会
让长发散垂到脚跟。爱人啊,
想你的时候,我不断数我的黑发。

捧读文化
触及身心的阅读

出 品 人　张进步　程　碧
责任编辑　古　莉
特约编辑　吕思航
装帧设计　lemo
内文排版　张晓冉